ごん狐《ぎつね》

新美南吉 作

石倉欣二 絵

小峰書店

もくじ

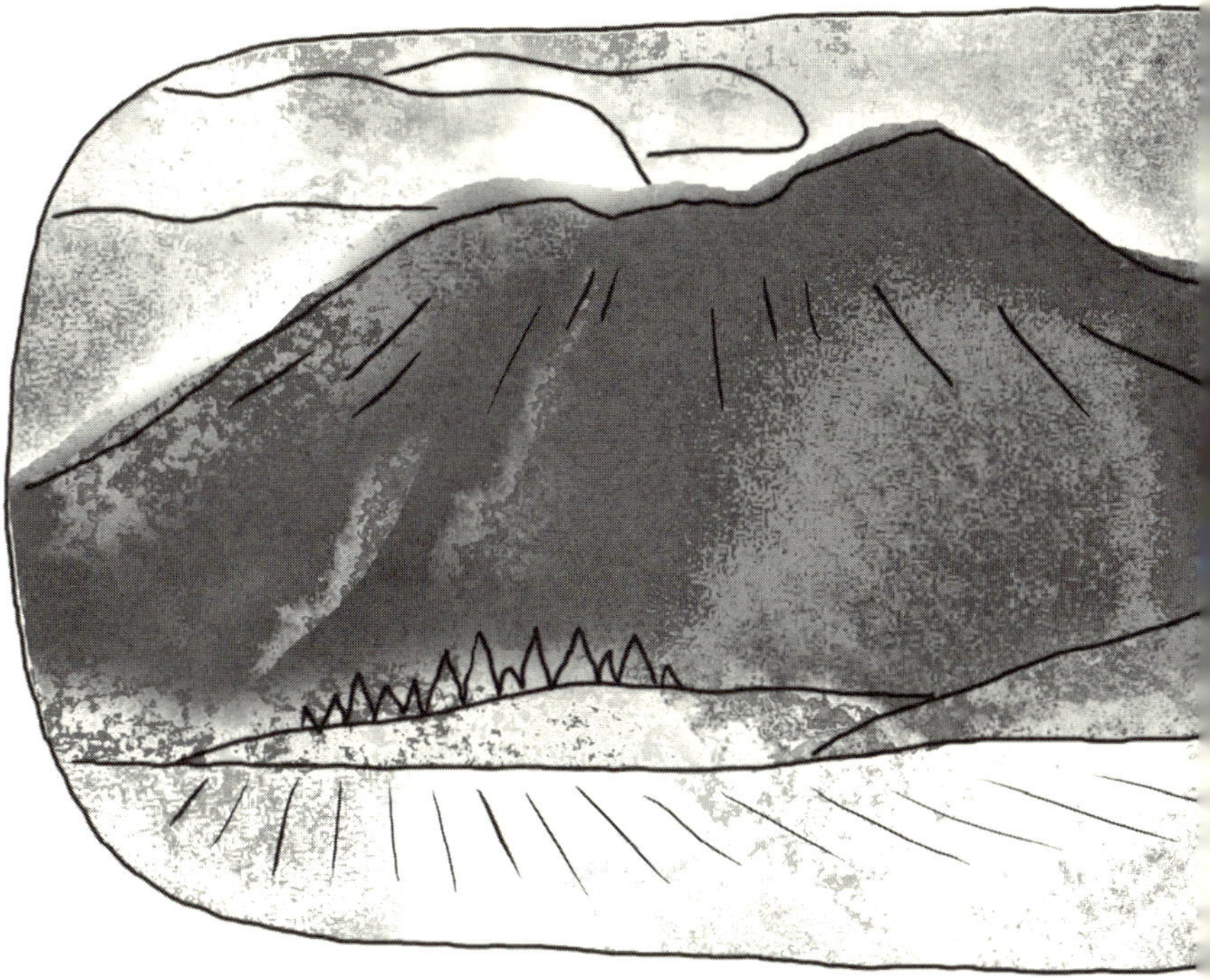

手袋《てぶくろ》を買いに

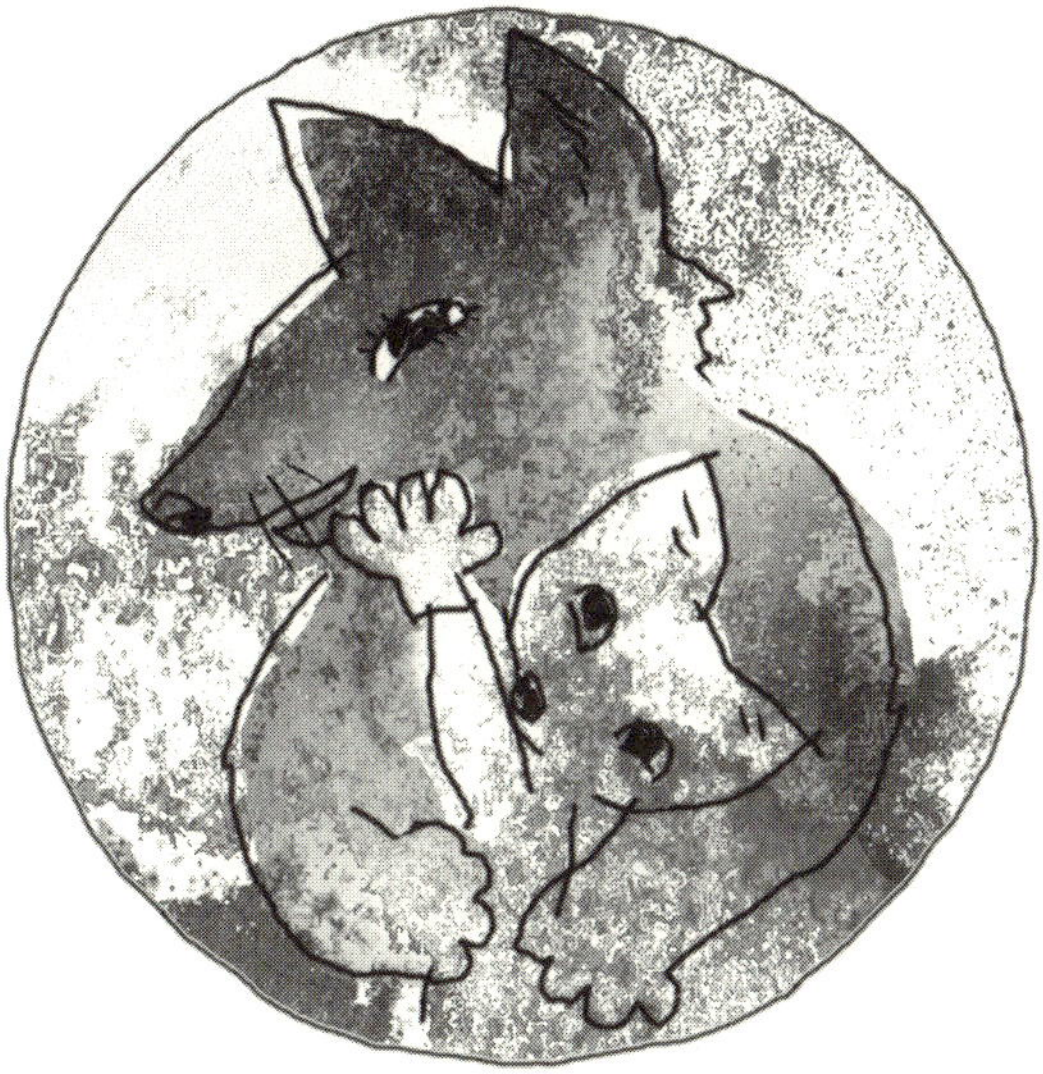

寒《さむ》い冬が北方《ほっぽう》から、狐《きつね》の親子のすんでいる森へもやってきました。

ある朝洞穴《ほらあな》から子どもの狐が出ようとしましたが、

「あっ。」とさけんで眼《め》をおさえながら母さん狐のところへころげてきました。

「母ちゃん、眼に何かささった、ぬいてちょうだい早く早く。」といいました。

母さん狐がびっくりして、あわてふためきながら、眼をおさえている子どもの手をおそるおそるとりのけてみましたが、何もささってはいませんでした。母さん狐は洞穴の入口から外へ出てはじめてわけがわかりました。昨夜《さくや》のうちに、まっ白な雪がどっさりふったのです。その雪の上からお陽《ひ》さまがキラキラと照《て》らしていたので、雪はまぶしいほど反射《はんしゃ》していたのです。雪を知らなかった子どもの狐は、あまりつよい反射をうけたので、眼に何かささったと思ったのでした。

子どもの狐は遊《あそ》びにいきました。真綿《まわた》のように柔《やわら》かい雪の上をかけまわると、雪の粉《こ》が、しぶきのようにとびちって小さい虹《にじ》がすっとうつるのでした。

するととつぜん、うしろで、

「どたどた、ざーっ」とものすごい音がして、パン粉《こ》のような粉雪《こなゆき》が、ふわーっと子狐《こぎつね》におっかぶさってきました。子狐はびっくりして、雪の中にころがるようにして十メートルも向《む》こうへにげました。なんだろうと思ってふりかえってみましたが何もいませんでした。それは樅《もみ》の枝《えだ》から雪がなだれ落《お》ちたのでした。まだ枝と枝のあいだから白い絹糸《きぬいと》のように雪がこぼれていました。

まもなく洞穴《ほらあな》へ帰ってきた子狐は、

「お母ちゃん、お手々が冷《つめ》たい、お手々がちんちんする。」といって、ぬれて牡丹色《ぼたんいろ》になった両手《りょうて》を母さん狐の前にさしだしました。母さん狐は、その手に、はーーっと息《いき》をふっかけて、ぬくとい母さんの手でやんわり包《つつ》んでやりながら、

「もうすぐ暖《あたた》かくなるよ、雪をさわると、すぐ暖かくなるもんだよ。」といい

ましたが、かあいい坊《ぼう》やの手に霜焼《しもやけ》ができてはかわいそうだから、夜になったら、町までいって、坊やのお手々にあうような毛糸の手袋《てぶくろ》を買ってやろうと思いました。

暗《くら》い暗い夜がふろしきのようなかげをひろげて野原や森を包《つつ》みにやってきましたが、雪はあまり白いので、包んでも包んでも白く浮《う》かびあがっていました。

親子の銀狐《ぎんぎつね》は洞穴《ほらあな》から出ました。子どもの方はお母さんのお腹《なか》の下へはいりこんで、そこからまんまるな眼《め》をぱちぱちさせながら、あっちやこっちをみながら歩いていきました。

やがて、行手にぽっつりあかりが一つみえはじめました。それを子どもの狐がみつけて、

「母ちゃん、お星さまは、あんな低《ひく》いところにも落《お》ちてるのねえ。」とききました。

「あれはお星さまじゃないのよ。」といって、そのとき母さん狐《ぎつね》の足はすくんでしまいました。

「あれは町の灯《ひ》なんだよ。」

その町の灯をみたとき、母さん狐は、あるとき町へお友だちと出かけていって、とんだめにあったことを思い出しました。およしなさいっていうのもきかないで、お友だちの狐が、ある家の家鴨《あひる》をぬすもうとしたので、お百姓《ひゃくしょう》にみつかって、さんざ追《お》いまくられて、命《いのち》からがらにげたことでした。

「母ちゃん何してんの、早くいこうよ。」と子どもの狐がお腹《なか》の下からいうのでしたが、母さん狐はどうしても足がすすまないのでした。そこで、しかたがないので、坊《ぼう》やだけをひとりで町までいかせることになりました。

「坊やお手々を片方《かたほう》お出し」とお母さん狐がいいました。その手を、母さん狐はしばらくにぎっているあいだに、かわいい人間の子どもの手にしてしまいました。坊《ぼう》やの狐《きつね》はその手をひろげたり にぎったり、つねってみたり、かいでみたりしました。

「なんだか変《へん》だな母ちゃん、これなあに？」といって、雪あかりに、またその、人間の手にかえられてしまった自分の手をしげしげとみつめました。

「それは人間の手よ。いいかい坊や、町へいったらね、たくさん人間の家があるからね、まず表《おもて》にまるいシャッポの看板《かんばん》のかかっている家をさがすんだよ。それがみつかったらね、トントンと戸をたたいて、こんばんはっていうんだよ。そうするとね、中から人間が、すこうし戸をあけるからね、その戸のすきまから、こっちの手、ほらこの人間の手をさし入れてね、この手にちょうどいい手《て》袋《ぶくろ》ちょうだいっていうんだよ、わかったね、けっして、こっちのお手々を出しちゃだめよ。」と母さん狐はいいきかせました。

「どうして？」と坊やの狐はききかえしました。

「人間はね、相手《あいて》が狐《きつね》だとわかると、手袋《てぶくろ》を売ってくれないんだよ、それどころか、つかまえて檻《おり》の中へ入れちゃうんだよ、人間ってほんとにこわいものなんだよ。」

「ふーん。」

「けっして、こっちの手を出しちゃいけないよ、こっちの方、ほら人間の手の方をさしだすんだよ。」といって、母さん狐は、持《も》ってきた二つの白銅貨《はくどうか》を、人間の手の方へにぎらせてやりました。

子どもの狐は、町の灯《ひ》を目あてに、雪あかりの野原をよちよちやっていきました。はじめのうちは一つきりだった灯が二つになり三つになり、はては十にもふえました。狐の子どもはそれをみて、灯には、星と同じように、赤いのや黄《き》いのや青いのがあるんだなと思いました。やがて町にはいりましたが通りの家々はもうみんな戸をしめてしまって、高い窓《まど》から暖《あたた》かそうな光が、道の雪の上に落《お》ちているばかりでした。

けれど表《おもて》の看板《かんばん》の上にはたいてい小さな電燈《でんとう》がともっていましたので、狐《きつね》の子は、それをみながら、帽子屋《ぼうしや》をさがしていきました。自転車《じてんしゃ》の看板や、眼鏡《めがね》の看板やそのほかいろんな看板が、あるものは、新しいペンキでえがかれ、あるものは、古い壁《かべ》のようにはげていましたが、町にはじめて出てきた子狐《こぎつね》にはそれらのものがいったいなんであるかわからないのでした。

とうとう帽子屋《ぼうしや》がみつかりました。お母さんが道々よく教えてくれた、黒い大きなシルクハットの帽子の看板が、青い電燈に照《て》らされてかかっていました。

子狐は教えられた通り、トントンと戸をたたきました。

「こんばんは。」

すると、中では何かことこと音がしていましたがやがて、戸が一寸《いっすん》ほどゴロリとあいて、光の帯《おび》が道の白い雪の上に長くのびました。

子狐《こぎつね》はその光がまばゆかったので、めんくらって、まちがった方の手を、――お母さまが出しちゃいけないといってよく聞かせた方の手をすきまからさしこんでしまいました。

「このお手々にちょうどいい手袋《てぶくろ》ください。」

すると帽子屋《ぼうしや》さんは、おやおやと思いました。狐の手です。狐の手が手袋をくれというのです。これはきっと木《こ》の葉《は》で買いにきたんだなと思いました。そこで、

「先にお金をください。」といいました。子狐はすなおに、にぎってきた白銅貨《はくどうか》を二つ帽子屋さんにわたしました。帽子屋さんはそれを人《ひと》さし指《ゆび》のさきにのっけて、カチ合わせてみると、チンチンとよい音がしましたので、これは木の葉じゃない、ほんとのお金だと思いましたので、棚《たな》から子ども用の毛糸の手袋をとり出してきて子狐の手に持《も》たせてやりました。子狐は、お礼《れい》をいってまた、

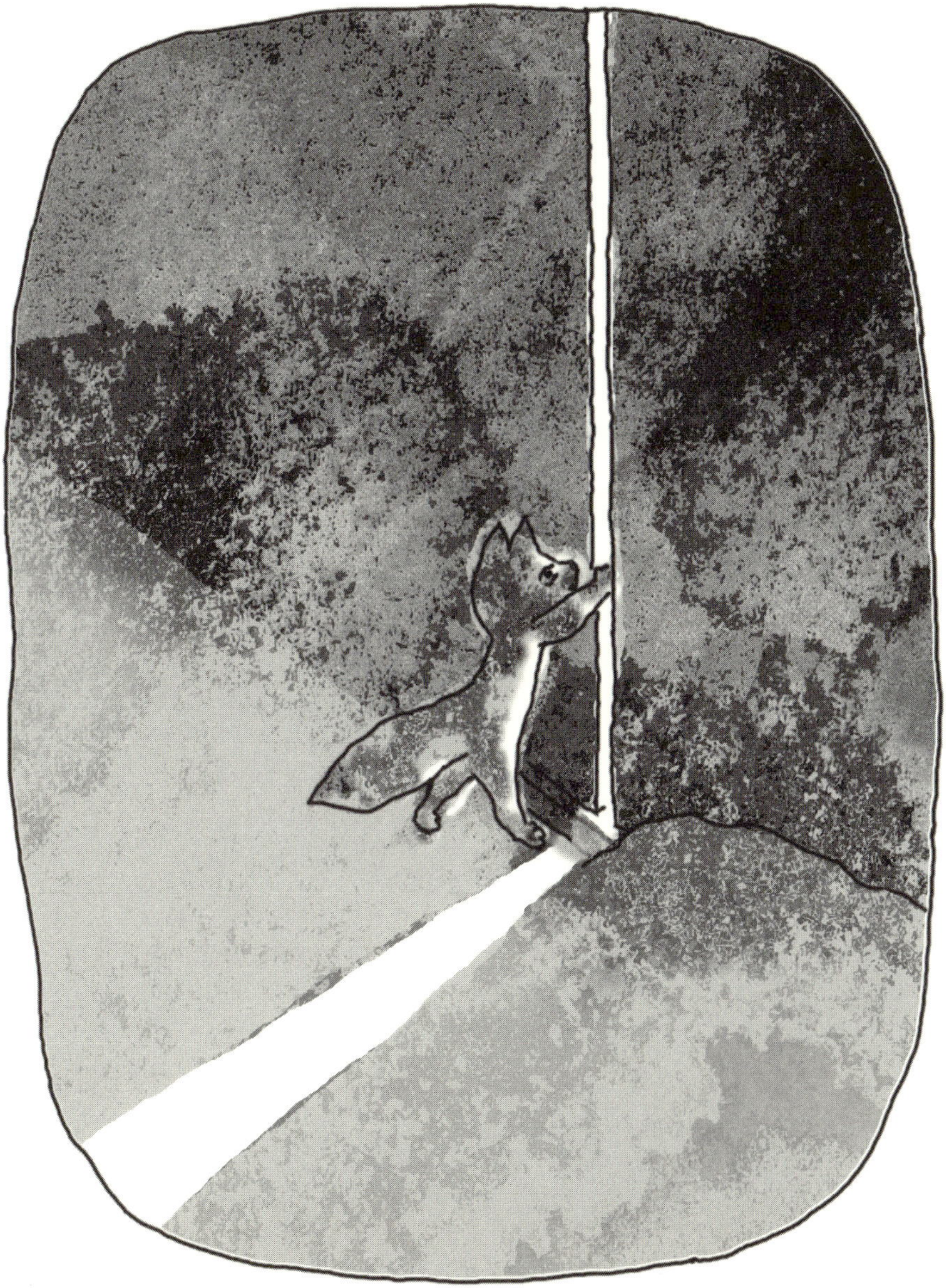

もときた道を帰りはじめました。

「お母さんは、人間はおそろしいものだっておっしゃったがちっともおそろしくないや。だってぼくの手をみてもどうもしなかったもの。」と思いました。けれど子狐《こぎつね》はいったい人間なんてどんなものかみたいと思いました。

ある窓《まど》の下を通りかかると、人間の声がしていました。なんというやさしい、なんという美《うつく》しい、なんというおっとりした声なんでしょう。

「ねむれ　ねむれ

母の胸《むね》に、

ねむれ　ねむれ

母の手に——」

子狐はそのうた声は、きっと人間のお母さんの声にちがいないと思いました。だって、子狐がねむるときにも、やっぱり母さん狐は、あんなやさしい声でゆすぶってくれるからです。

するとこんどは、子どもの声がしました。

「母ちゃん、こんな寒《さむ》い夜は、森の子狐《こぎつね》は寒い寒いってないてるでしょうね。」

すると母さんの声が、

「森の子狐もお母さん狐のおうたをきいて、洞穴《ほらあな》の中でねむろうとしているでしょうね。さあ坊《ぼう》やも早くねんねしなさい。森の子狐と坊やとどっちが早くねんねするか、きっと坊やの方が早くねんねしますよ。」

それをきくと子狐は急《きゅう》にお母さんが恋《こい》しくなって、お母さん狐の待《ま》っている方へとんでいきました。

お母さん狐は、心配《しんぱい》しながら、坊やの狐の帰ってくるのを、いまかいまかとふるえながら待っていましたので、坊やがくると、暖《あたた》かい胸《むね》にだきしめてなきたいほどよろこびました。

二ひきの狐《きつね》は森の方へ帰っていきました。月が出たので、狐の毛なみが銀色《ぎんいろ》に光り、その足あとには、コバルトのかげがたまりました。

「母ちゃん、人間ってちっともこわかないや。」

「どうして？」

「坊《ぼう》、まちがえてほんとうのお手々出しちゃったの。でも帽子屋《ぼうしや》さん、つかまえやしなかったもの。ちゃんとこんないい暖《あたた》かい手袋《てぶくろ》くれたもの。」

といって手袋のはまった両手《りょうて》をパンパンやってみせました。お母さん狐は、

「まあ！」とあきれましたが、「ほんとうに人間はいいものかしら。ほんとうに人間はいいものかしら。」とつぶやきました。

ごん狐《ぎつね》

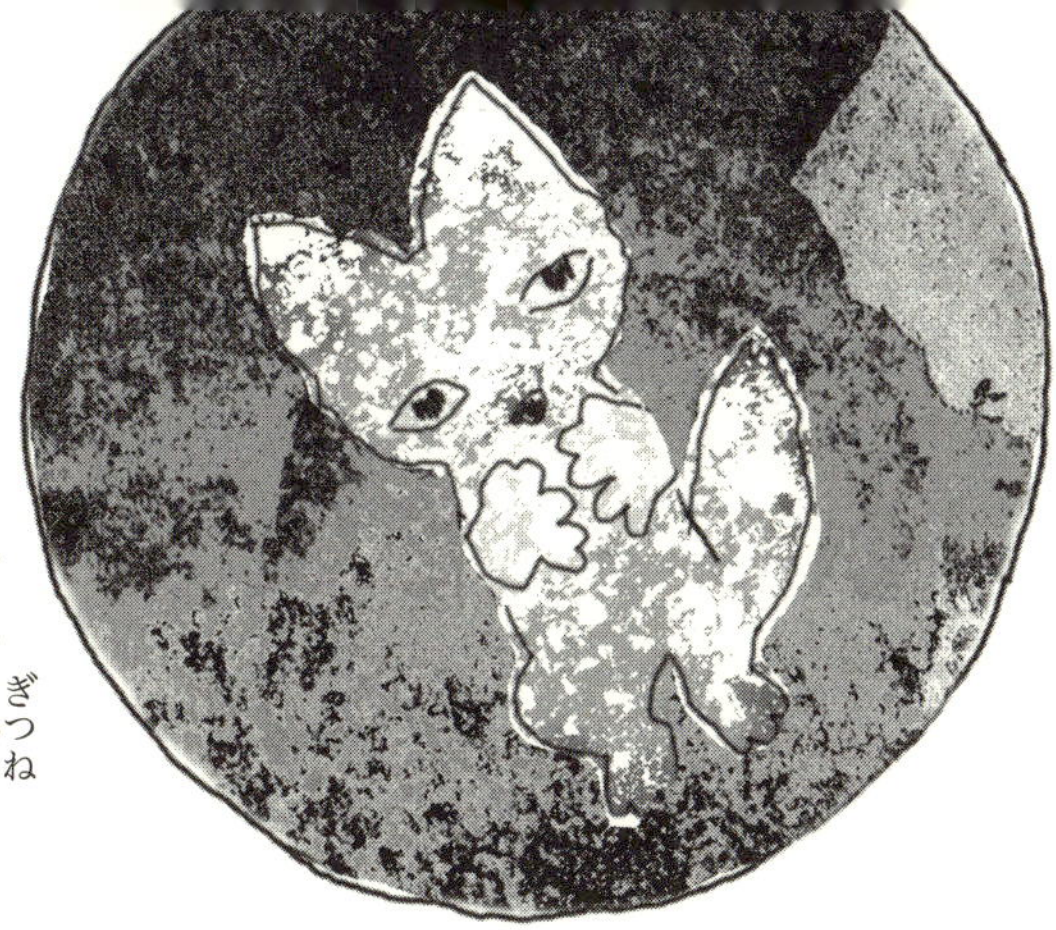

一

これは、私《わたし》が小さいときに、村の茂平《もへい》というおじいさんからきいたお話です。

むかしは、私たちの村のちかくの、中山《なかやま》というところに小さなお城《しろ》があって、中山さまというおとのさまが、おられたそうです。

その中山から、すこしはなれた山の中に、「ごん狐《ぎつね》」という狐がいました。ごんは、ひとりぼっちの小狐《こぎつね》で、しだの一ぱいしげった森の中に穴《あな》をほって住《す》んでいました。そして、夜でも昼でも、あたりの村へ出てきて、いたずらばかりしました。はたけへはいって芋《いも》をほりちらしたり、菜種《なたね》がらの、ほしてあるのへ火をつけたり、百姓家《ひゃくしょうや》のうら手につるしてあるとんがらしをむしりとって、いったり、いろんなことをしました。

ある秋のことでした。二三日雨がふりつづいたそのあいだ、ごんは、外へも出られなくて穴《あな》の中にしゃがんでいました。

雨があがると、ごんは、ほっとして穴からはい出ました。空はからっと晴れていて、百舌鳥《もず》の声がきんきん、ひびいていました。

ごんは、村の小川の堤《つつみ》まで出てきました。あたりの、すすきの穂《ほ》には、まだ雨のしずくが光っていました。川はいつもは水が少ないのですが、三日もの雨で、水が、どっとましていました。ただのときは水につかることのない、川べりのすすきや、萩《はぎ》の株《かぶ》が、黄いろくにごった水に横《よこ》だおしになって、もまれています。ごんは川下《かわしも》の方へと、ぬかるみみちを歩いていきました。

ふとみると、川の中に人がいて、何かやっています。ごんは、みつからないように、そうっと草の深《ふか》いところへ歩きよって、そこからじっとのぞいてみました。

「兵十《ひょうじゅう》だな。」と、ごんは思いました。兵十はぼろぼろの黒いきものをまくし上げて、腰《こし》のところまで水にひたりながら、魚をとる、はりきりという、網《あみ》をゆすぶっていました。はちまきをした顔の横《よこ》っちょうに、まるい萩《はぎ》の葉《は》が一まい、大きな黒子《ほくろ》みたいにへばりついていました。

しばらくすると、兵十は、はりきり網の一ばんうしろの、袋《ふくろ》のようになったところを、水の中からもちあげました。その中には、芝《しば》の根《ね》や、草の葉や、くさった木ぎれなどが、ごちゃごちゃはいっていましたが、でもところどころ、白いものがきらきら光っています。それは、ふというなぎの腹《はら》や、大きなきすの腹でした。兵十は、びくの中へ、そのうなぎやきすを、ごみといっしょにぶちこみました。そしてまた、袋の口をしばって、水の中へ入れました。

兵十はそれから、びくをもって川から上がりびくを土手《どて》においといて、何をさがしにか、川上の方へかけていきました。

兵十《ひょうじゅう》がいなくなると、ごんは、ぴょいと草の中からとび出して、びくのそばへかけつけました。ちょいと、いたずらがしたくなったのです。ごんはびくの中の魚をつかみ出しては、はりきり網《あみ》のかかっているところより下手《しもて》の川の中を目がけて、ぽんぽんなげこみました。どの魚も、「とぼん」と音を立てながらにごった水の中へもぐりこみました。

一ばんしまいに、太いうなぎをつかみにかかりましたが、何しろぬるぬるとすべりぬけるので、手ではつかめません。ごんはじれったくなって、頭をびくの中につっこんで、うなぎの頭を口にくわえました。うなぎは、キュッといって、ごんの首へまきつきました。そのとたんに兵十が、向《む》こうから、「うわァぬすと狐《ぎつね》め。」と、どなりたてました。ごんは、びっくりしてとびあがりました。うなぎをふりすててにげようとしましたが、うなぎは、ごんの首にまきついたままはなれません。ごんはそのまま横《よこ》っとびにとび出していっしようけんめいに、にげていきました。

ほら穴《あな》の近くの、はんの木の下でふりかえってみましたが、兵十《ひょうじゅう》は追《お》っかけてはきませんでした。

ごんは、ほっとして、うなぎの頭をかみくだき、やっとはずして穴のそとの、草の葉《は》の上にのせておきました。

二

十日ほどたって、ごんが、弥助《やすけ》というお百姓《ひゃくしょう》の家のうらをとおりかかりますと、そこの、いちじくの木のかげで、弥助の家内《かない》が、おはぐろをつけていました。鍛冶屋《かじや》の新兵衛《しんべえ》の家のうらをとおると、新兵衛の家内が、髪《かみ》をすいていました。ごんは、

「ふふん、村に何かあるんだな。」と思いました。

「なんだろう、秋祭《あきまつ》りかな。祭りなら、太鼓《たいこ》や笛《ふえ》の音がしそうなものだ。それに第一《だいいち》、お宮《みや》にのぼりが立つはずだが。」

こんなことを考えながらやってきますと、いつのまにか、表《おもて》に赤い井戸《いど》のある、兵十《ひょうじゅう》の家の前へきました。その小さな、こわれかけた家の中には、おおぜいの人があつまっていました。よそいきの着物《きもの》を着《き》て、腰《こし》に手ぬぐいをさげたりした女たちが、表のかまどで火をたいています。大きな鍋《なべ》の中では、何かぐずぐずにえていました。

「ああ、葬式《そうしき》だ。」と、ごんは思いました。

「兵十の家のだれが死《し》んだんだろう。」

おひるがすぎると、ごんは、村の墓地《ぼち》へいって、六地蔵《ろくじぞう》さんのかげにかくれていました。いいお天気で、遠く向《む》こうにはお城《しろ》の屋根瓦《やねがわら》が光っています。墓《ぼ》地《ち》には、ひがん花が、赤い布《きれ》のようにさきつづいていました。と、村の方から、カーン、カーンと鐘《かね》が鳴ってきました。葬式《そうしき》の出る合図《あいず》です。

やがて、白い着物《きもの》を着《き》た葬列《そうれつ》のものたちがやってくるのがちらちらみえはじめました。話声も近くなりました。葬列は墓地《ぼち》へはいってきました。人びとが通ったあとには、ひがん花が、ふみおられていました。

ごんはのびあがってみました。兵十《ひょうじゅう》が、白いかみしもをつけて、位牌《いはい》をささげています。いつもは赤いさつま芋《いも》みたいな元気のいい顔が、きょうはなんだかしおれていました。

「ははん、死《し》んだのは兵十のお母《つかあ》だ。」

ごんはそう思いながら、頭をひっこめました。

その晩《ばん》、ごんは、穴《あな》の中で考えました。

「兵十のお母は、床《とこ》についていて、うなぎが食べたいといったにちがいない。

それで兵十《ひょうじゅう》がはりきり網《あみ》をもち出したんだ。ところが、わしがいたずらをして、うなぎをとってきてしまった。だから兵十は、お母《つかあ》にうなぎを食べさせることができなかった。そのままお母は、死《し》んじゃったにちがいない。ああ、うなぎが食べたい、うなぎが食べたいとおもいながら、死んだんだろう。ちょッ、あんないたずらをしなけりゃよかった。」

三

兵十が、赤い井戸《いど》のところで、麦をといでいました。

兵十はいままで、お母とふたりきりで貧《まず》しいくらしをしていたもので、お母が死んでしまっては、もうひとりぼっちでした。

「おれと同じひとりぼっちの兵十か。」

こちらの物置《ものおき》のうしろからみていたごんは、そう思いました。

ごんは物置のそばをはなれて、向《む》こうへいきかけますと、どこかで、いわしを売る声がします。

「いわしのやすうりだァい。いきのいいいわしだァい。」

ごんは、その、いせいのいい声のする方へ走っていきました。と、弥助《やすけ》のおかみさんがうら戸口《とぐち》から、

「いわしをおくれ。」といいました。いわし売りは、いわしのかごをつんだ車を、道ばたにおいて、ぴかぴか光るいわしを両手《りょうて》でつかんで、弥助の家の中へもってはいりました。ごんはそのすきまに、かごの中から、五六ぴきのいわしをつかみ出して、もときた方へかけ出しました。そして、兵十《ひょうじゅう》の家のうら口から、家の中へいわしを投《な》げこんで、穴《あな》へ向かってかけもどりました。途中《とちゅう》の坂《さか》の上でふりかえってみますと、兵十がまだ、井戸《いど》のところで麦をといでいるの

が小さくみえました。

ごんは、うなぎのつぐないに、まず一つ、いいことをしたと思いました。

つぎの日には、ごんは山で栗《くり》をどっさりひろって、それをかかえて、兵十《ひょうじゅう》の家へいきました。うら口からのぞいてみますと、兵十は、ひるめしをたべかけて、茶椀《ちゃわん》をもったまま、ぼんやりと考えこんでいました。へんなことには兵十のほっぺたに、かすり傷《きず》がついています。どうしたんだろうと、ごんが思っていますと、兵十がひとりごとをいいました。

「いったいだれが、いわしなんかをおれの家へほうりこんでいったんだろう。おかげでおれは、盗人《ぬすびと》と思われて、いわし屋《や》のやつに、ひどい目にあわされた。」と、ぶつぶついっています。

ごんは、これはしまったと思いました。かわいそうに兵十は、いわし屋にぶんなぐられて、あんな傷《きず》までつけられたのか。

ごんはこうおもいながら、そっと物置《ものおき》の方へまわってその入口に、栗《くり》をおいてかえりました。

つぎの日も、そのつぎの日もごんは、栗をひろっては、兵十《ひょうじゅう》の家へもってきてやりました。そのつぎの日には、栗ばかりでなく、まつたけも二三ぼんもっていきました。

四

月のいい晩《ばん》でした。ごんは、ぶらぶらあそびに出かけました。中山《なかやま》さまのお城《しろ》の下を通ってすこしいくと、細い道の向《む》こうから、だれかくるようです。話声が聞こえます。チンチロリン、チンチロリンと松虫《まつむし》が鳴いています。

ごんは、道の片《かた》がわにかくれて、じっとしていました。話声はだんだん近くなりました。それは、兵十《ひょうじゅう》と、加助《かすけ》というお百姓《ひゃくしょう》でした。

「そうそう、なあ加助。」と、兵十がいいました。

「ああん？」

「おれあ、このごろ、とても、ふしぎなことがあるんだ。」

「何が？」

「お母《つかあ》が死《し》んでからは、だれだか知らんが、おれに栗《くり》やまつたけなんかを、まいにちまいにちくれるんだよ。」

「ふうん、だれが？」

「それがわからんのだよ。おれの知らんうちに、おいていくんだ。」

ごんは、ふたりのあとをつけていきました。

「ほんとかい？」

「ほんとだとも。うそと思うなら、あしたみにこいよ。その栗をみせてやるよ。」

「へえ、へんなこともあるもんだなァ。」

それなり、ふたりはだまって歩いていきました。

加助がひょいと、うしろをみました。ごんはびくっとして、小さくなってたちどまりました。加助《かすけ》は、ごんには気がつかないで、そのままさっさとあるきました。吉兵衛《きちべえ》というお百姓《ひゃくしょう》の家までくると、ふたりはそこへはいっていきました。ポンポンポンポンと木魚《もくぎょ》の音がしています。窓《まど》の障子《しょうじ》にあかりがさしていて、大きな坊主頭《ぼうずあたま》がうつって動いていました。ごんは、

「おねんぶつがあるんだな。」と思いながら井戸《いど》のそばにしゃがんでいました。しばらくすると、また三人ほど、人がつれだって吉兵衛の家へはいっていきました。お経《きょう》を読む声がきこえてきました。

五

　ごんは、おねんぶつがすむまで、井戸《いど》のそばにしゃがんでいました。兵十《ひょうじゅう》と加助《かすけ》はまたいっしょにかえっていきます。ごんは、ふたりの話をきこうと思って、ついていきました。兵十の影法師《かげぼうし》をふみふみいきました。

　お城《しろ》の前まできたとき、加助がいい出しました。

「さっきの話は、きっと、そりゃあ、神《かみ》さまのしわざだぞ。」

「えっ？」と、兵十はびっくりして、加助の顔をみました。

「おれは、あれからずっと考えていたが、どうも、そりゃ、人間じゃない、神さまだ、神さまが、お前がたったひとりになったのをあわれに思わっしゃって、いろんなものをめぐんでくださるんだよ。」

「そうかなあ。」

「そうだとも。だから、まいにち神《かみ》さまにお礼《れい》をいうがいいよ。」

「うん。」

ごんは、へえ、こいつはつまらないなと思いました。おれが、栗《くり》やまつたけを持《も》っていってやるのに、そのおれにはお礼をいわないで、神さまにお礼をいうんじゃァおれは、ひきあわないなあ。

六

そのあくる日もごんは、栗をもって、兵十《ひょうじゅう》の家へ出かけました。兵十は物置《ものおき》で縄《なわ》をなっていました。それでごんは家のうら口から、こっそり中へはいりました。

そのとき兵十《ひょうじゅう》は、ふと顔をあげました。と狐《きつね》が家の中へはいったではありませんか。こないだうなぎをぬすみやがったあのごん狐めが、またいたずらをしにきたな。

「ようし。」

兵十は、立ちあがって、納屋《なや》にかけてある火縄銃《ひなわじゅう》をとって、火薬《かやく》をつめました。

そして足音をしのばせてちかよって、いま戸口《とぐち》を出ようとするごんを、ドンと、うちました。ごんは、ばたりとたおれました。兵十はかけよってきました。家の中をみると土間《どま》に栗《くり》が、かためておいてあるのが目につきました。

「おや。」と兵十は、びっくりしてごんに目を落《お》としました。

「ごん、おまいだったのか。いつも栗をくれたのは。」

ごんは、ぐったりと目をつぶったまま、うなずきました。

兵十《ひょうじゅう》は、火縄銃《ひなわじゅう》をばたりと、とり落《お》としました。青い煙《けむり》が、まだ筒口《つつぐち》から細く出ていました。

狐《きつね》

一

月夜に七人の子どもが歩いておりました。

大きい子どもも小さい子どももまじっておりました。

月は、上から照《て》らしておりました。子どもたちのかげは短《みじか》く地べたにうつりました。

子どもたちはじぶんじぶんのかげをみて、ずいぶん大頭で、足が短いなあと思いました。

そこで、おかしくなって、笑《わら》い出す子もありました。あまりかっこうがよくないので二三歩はしってみる子もありました。

こんな月夜には、子どもたちは何か夢《ゆめ》みたいなことを考えがちでありました。

子どもたちは小さい村から、半里《はんり》ばかりはなれた本郷《ほんごう》へ、夜のお祭《まつ》りをみにゆくところでした。

切通《きりどお》しをのぼると、かそかな春の夜風にのって、ひゅうひゃらりゃりゃと笛《ふえ》の音《ね》が聞こえてきました。

子どもたちの足はしぜんにはやくなりました。

するとひとりの子どもがおくれてしまいました。

「文六《ぶんろく》ちゃん、早くこい」

とほかの子どもがよびました。

文六ちゃんは月の光でも、やせっぽちで、色の白い、眼玉《めだま》の大きいことのわかる子どもです。できるだけいそいでみんなに追《お》いつこうとしました。

「んでもおれ、おっ母ちゃんの下駄《げた》だもん」

と、とうとう鼻《はな》をならしました。なるほど細長いあしのさきには大きな、おとなの下駄《げた》がはかれていました。

二

本郷《ほんごう》にはいるとまもなく、道ばたに下駄屋《げたや》さんがあります。子どもたちはその店にはいってゆきました。文六《ぶんろく》ちゃんの下駄を買うのです。文六ちゃんのお母さんにたのまれたのです。

「あののい、おばさん」

と、義則君《よしのりくん》が口をとがらして下駄屋のおばさんにいいました。

「こいつのい、樽屋《たるや》の清《せい》さの子どもだけどのい、下駄を一足《いっそく》やっとくれや。あとから、おっ母さんが銭《ぜに》もってくるげなで」

みんなは、樽屋の清さの子どもがよくみえるように、まえへおしだしました。

それは文六《ぶんろく》ちゃんでした。文六ちゃんは二つばかりまばたきしてつっ立っていました。

おばさんは笑《わら》い出して、下駄《げた》を棚《たな》からおろしてくれました。

どの下駄が足によくあうかは、足にあててみなければわかりません。義則君《よしのりくん》が、お父さんかなんぞのように、文六ちゃんの足に下駄をあてがってくれました。何しろ文六ちゃんは、ひとりきりの子どもで、甘《あま》えん坊《ぼう》でした。

ちょうど文六ちゃんが、新しい下駄をはいたときに、腰《こし》のまがったおばあさんが下駄屋《げたや》さんにはいってきました。そしておばあさんはふとこんなことをいうのでした。

「やれやれ、どこの子だか知らんが、晩《ばん》げに新しい下駄をおろすと狐《きつね》がつくというだに」

子どもたちはびっくりしておばあさんの顔をみました。

「嘘《うそ》だい、そんなこと」

とやがて義則君《よしのりくん》がいいました。

「迷信《めいしん》だ」

とほかのひとりがいいました。

それでも子どもたちの顔には何か心配《しんぱい》な色がただよっていました。

「ようし、そいじゃ、おばさんがまじないしてやろう」

と、下駄屋《げたや》のおばさんが口軽《くちかる》くいいました。

おばさんは、マッチを一本するまねして、文六《ぶんろく》ちゃんの新しい下駄のうらに、ちょっとさわりました。

「さあ、これでよし。これでもう、狐《きつね》も狸《たぬき》もつきゃししん」

そこで子どもたちは下駄屋さんを出ました。

三

子どもたちは綿菓子《わたがし》をたべながら、稚児《ちご》さんが二つの扇《おうぎ》を、眼《め》にもとまらぬはやさでまわしながら、舞台《ぶたい》の上で舞《ま》うのをみていました。その稚児さんは、おしろいをぬりこくって顔をいろどっているけれど、よくみると、お多福湯《たふくゆ》のトネ子でありましたので、

「あれ、トネ子だよ、ふふ」

とささやきあったりしました。

稚児さんをみてるのにあくと、くらいところにいって、鼠花火《ねずみはなび》をはじかせたり、かんしゃく玉を石垣《いしがき》にぶつけたりしました。

舞台《ぶたい》を照《て》らすあかるい電燈《でんとう》には、虫がいっぱいきて、そのまわりをめぐって

いました。みると、舞台《ぶたい》の正面のひさしのすぐ下に、大きな、あか土色の蛾《が》がぴったりはりついていました。

山車《だし》の鼻先《はなさき》のせまいところで、人形の三番叟《さんばそう》がおどりはじめるころは、すこし、お宮《みや》の境内《けいだい》の人も少なくなったようでした。花火や、ゴム風船《ふうせん》の音もへったようでした。

子どもたちは山車の鼻の下にならんで、あおむいて、人形の顔をみていました。

人形はおとなとも子どもともつかぬ顔をしています。その黒い眼《め》は生きているとしか思えません。ときどき、またたきするのは、人形をおどらす人がうしろで糸をひくのです。子どもたちはそんなことはよく知っています。しかし、人形がまたたきすると、子どもたちは、なんだか、ものがなしいような、ぶきみなような気がします。

するととつぜん、パクッと人形が口をあきペロッと舌《した》を出し、あっというまに、もとのように口をとじてしまいました。まっかな口の中でした。

これも、うしろで糸をひく人がやったことです。子どもたちはよく知っているのです。ひるまなら、子どもたちはおもしろがって、ゲラゲラ笑《わら》うのです。

けれど子どもたちは、いまは笑いませんでした。ちょうちんの光の中で、――かげの多い光の中で、まるで生きている人間のように、まばたきしたり、ペロッと舌を出したりする人形……なんというぶきみなものでしょう。

――子どもたちは思い出しました、文六《ぶんろく》ちゃんの新しい下駄《げた》のことを。晩《ばん》げに新しい下駄をおろすものは狐《きつね》につかれるといったあのばあさんのことを。

子どもたちは、じぶんたちが、ながく遊《あそ》びすぎたことにも気がつきました。じぶんたちにはこれから帰ってゆかねばならない、半里《はんり》の、野中の道があったことにも気がつきました。

四

かえりも月夜でありました。

しかし、かえりの月夜は、なんとなくつまらないものです。子どもたちは、だまって――ちょうどひとりひとりが、じぶんのこころの中をのぞいてでもいるように、だまって歩いていました。

切通《きりどお》し坂《ざか》の上にきたとき、ひとりの子が、もうひとりの子の耳に口をよせて何かささやきました。するとささやかれた子は別《べつ》の子のそばにいって何かささやきました。その子はまた別の子にささやきました。――こうして、文六《ぶんろく》ちゃんのほか、子どもたちは何か一つのことを、耳から耳へいいつたえました。

それはこういうことだったのです、「下駄屋《げたや》さんのおばさんは文六ちゃんの下駄《げた》に、ほんとうにマッチをすっておまじないをしやしんだった。まねごとをしただけだった。」

それから子どもたちはまたひっそりして歩いてゆきました。ひっそりしているとき子どもたちは考えておりました。

――狐《きつね》につかれるというのはどんなことかしらん。文六《ぶんろく》ちゃんの中に狐がはいることだろうか。文六ちゃんの姿《すがた》や形はそのままでいて、心は狐になってしまうことだろうか。そうすると、いまもう、文六ちゃんは狐につかれているかもしれないわけだ。文六ちゃんはだまっているからわからないが、心の中はもう狐になってしまっているかもしれないわけだ。

おなじ月夜で、おなじ野中の道では、だれでもおなじようなことを考えるものです。そこでみんなの足はしぜんにはやくなりました。

ぐるりを低《ひく》い桃《もも》の木でとりまかれた池のそばへ、道がきたときでした。子ど

もたちの中でだれかが、

「コン」

と小さい咳《せき》をしました。

ひっそりして歩いているときなので、みんなは、その小さい音でさえ、聞きおとすわけにはゆきませんでした。

そこで子どもたちは、いまの咳はだれがしたか、こっそり調《しら》べました。すると――文六《ぶんろく》ちゃんがしたということがわかりました。

文六ちゃんがコンと咳をした！　それなら、この咳にはとくべつの意味《いみ》があるのではないかと子どもたちは考えました。よく考えてみるとそれは咳ではなかったようでした、狐《きつね》の鳴き声のようでした。

「コン」

とまた文六ちゃんがいいました。

文六《ぶんろく》ちゃんは狐《きつね》になってしまったと子どもたちは思いました。わたしたちの中には狐が一ぴきはいっていると、みんなはおそろしく思いました。

五

樽屋《たるや》の文六ちゃんの家は、みんなの家とはすこしはなれたところにありました。ひろい、みかん畑《ばたけ》になっている屋敷《やしき》にかこわれて、一軒《けん》きり、谷地《やち》にぽつんと立っていました。子どもたちはいつも、水車のところからすこしまわりみちして、文六ちゃんを、その家の門口《かどぐち》まで送《おく》ってやることにしていました。なぜなら、文六ちゃんは樽屋の清六《せいろく》さんのひとりきりのだいじな坊《ぼっ》ちゃんで、甘《あま》えん坊《ぼう》だからです。文六ちゃんのお母さんが、よく、みかんやお菓子《かし》をみんなにくれて、文六ちゃんと遊《あそ》んでやってくれとたのみにくるからです。今晩《こんばん》も、お祭《まつ》りにゆくときには、その門口《かどぐち》まで、文六《ぶんろく》ちゃんをむかえにいってやったのでした。

さてみんなは、とうとう、水車のところにきました。水車の横《よこ》から細い道がわかれて草の中を下へおりてゆきます。それが文六ちゃんの家にゆく道です。

ところが、今夜はだれも、文六ちゃんのことをわすれてしまったかのように、送《おく》ってゆこうとするものがありません。わすれたどころではありません、文六ちゃんがこわいのです。

甘《あま》えん坊《ぼう》の文六ちゃんは、それでも、いつも親切な義則君《よしのりくん》だけは、こちらへきてくれるだろうと思って、うしろをむきむき、水車のかげになってゆきました。

とうとう、だれも文六ちゃんといっしょにゆきませんでした。

さて文六ちゃんは、ひとりで、月にあかるい谷地《やち》へおりてゆく細道をくだりはじめました。どこかで、蛙《かえる》がくくみ声で鳴いていました。

文六《ぶんろく》ちゃんは、ここから、じぶんの家までは、もうじきだから、だれも送《おく》ってくれなくても、困《こま》るわけではないのです。だが、いつもは送ってくれたのです、今夜にかぎっておくってくれないのです。

文六ちゃんは、ぼけんとしているようでも、もうちゃんと知っているのです、みんなが、じぶんの下駄《げた》のことでなんといいかわしたか、また、じぶんが咳《せき》をしたためにどういうことになったかを。

祭《まつ》りにゆくまでは、あんなに、じぶんに親切にしてくれたみんなが、じぶんが、夜新しい下駄をはいて狐《きつね》にとりつかれたかしれないために、もうだれひとりかえりみてくれない、それが文六ちゃんにはなさけないのでした。

義則君《よしのりくん》なんか文六ちゃんより四年級《きゅう》も上だけれど親切な子で、いつもなら、文六ちゃんが寒《さむ》そうにしていると、洋服《ようふく》の上に着《き》ている羽織《はおり》をぬいでかしてく

れたものでした（田舎《いなか》の少年は寒《さむ》いとき、洋服《ようふく》の上に羽織《はおり》を着《き》ています）。それだのに、今夜は、文六《ぶんろく》ちゃんが、いくら咳《せき》をしていても羽織をかしてやろうとはいいませんでした。

文六ちゃんの屋敷《やしき》の外がこいになっている槇《まき》のいけがきのところにきました。背戸口《せどぐち》の方の小さい木戸をあけて中にはいりながら、文六ちゃんは、じぶんの小さい影法師《かげぼうし》をみてふと、ある心配《しんぱい》を感じました。

——ひょっとすると、じぶんはほんとうに狐《きつね》につかれているかもしれない、ということでした。そうすると、お父さんやお母さんはじぶんをどうするだろうということでした。

六

お父さんが樽屋《たるや》さんの組合へいって、今晩《こんばん》はまだ帰らないので、文六《ぶんろく》ちゃんとお母さんはさきにやすむことになりました。

文六ちゃんは初等科《しょとうか》三年生なのにまだお母さんといっしょにねるのです。ひとり子《ご》ですからしかたないのです。

「さあ、お祭《まつ》りの話を、母ちゃんにきかしておくれ」

とお母さんは、文六ちゃんのねまきのえりを合わせてやりながらいいました。

文六ちゃんは、学校から帰れば学校のことを、町にゆけば町のことを、映画《えいが》をみてくれば映画のことをお母さんにきかれるのです。文六ちゃんは話が下手《へた》ですから、ちぎれちぎれに話をします。それでもお母さんは、とてもおもしろがって、よろこんで文六《ぶんろく》ちゃんの話をきいてくれるのでした。

「神子《みこ》さんね、あれよくみたら、お多福湯《たふくゆ》のトネ子だったよ」

と文六ちゃんは話しました。

お母さんは、そうかい、といって、おもしろそうに笑《わら》って、

「それから、もうだれが出たかわからなかったかい」

とききました。

文六ちゃんはおもいだそうとするように、眼《め》を大きくみひらいて、じっとしていましたが、やがて、祭《まつ》りの話はやめて、こんなことをいいだしました。

「母ちゃん、夜、新しい下駄《げた》おろすと、狐《きつね》につかれる？」

お母さんは、文六ちゃんが何をいい出したかと思って、しばらく、あっけにとられて文六ちゃんの顔をみていましたが、今晩《こんばん》、文六ちゃんの身《み》の上に、およそどんなことが起《お》こったか、けんとうがつきました。

「だれがそんなことをいった？」

文六《ぶんろく》ちゃんはむきになって、じぶんのさきの問《と》いをくりかえしました。

「ほんと？」

「嘘《うそ》だよ、そんなこと。むかしの人がそんなことをいっただけだよ」

「嘘だね？」

「嘘だとも」

「きっとだね」

「きっと」

しばらく文六ちゃんはだまっていました。だまっているあいだに、大きい眼《め》玉《だま》が二度《ど》ぐるりぐるりとまわりました。それからいいました。

「もし、ほんとだったらどうする？」

「どうするって、何を？」

とお母さんがききかえしました。

「もし、ぼくが、ほんとに狐《きつね》になっちゃったらどうする？」

お母さんは、しんからおかしいように笑《わら》いだしました。

「ね、ね、ね、」

と文六《ぶんろく》ちゃんは、ちょっとてれくさいような顔をして、お母さんの胸《むね》を両手《りょうて》でぐんぐんおしました。

「そうさね」と、お母さんはちょっと考えていてからいいました、「そしたら、もう、家におくわけにゃいかないね」

文六ちゃんは、それをきくと、さびしい顔つきをしました。

「そしたら、どこへゆく？」

「鴉根山《からすねやま》の方にゆけば、いまでも狐がいるそうだから、そっちへゆくさ」

「母ちゃんや父ちゃんはどうする？」

するとお母さんは、おとなが子どもをからかうときにするように、たいへんまじめな顔で、しかつべらしく、

「父ちゃんと母ちゃんは相談《そうだん》をしてね、かあいい文六《ぶんろく》が、狐《きつね》になってしまったから、わしたちもこの世になんのたのしみもなくなってしまったで、人間をやめて、狐になることにきめますよ」

「父ちゃんも母ちゃんも狐になる？」

「そう、ふたりで、明日《あした》の晩《ばん》げに下駄屋《げたや》さんから新しい下駄を買ってきて、いっしょに狐になるね。そうして、文六ちゃんの狐をつれて鴉根《からすね》の方へゆきましょう」

文六ちゃんは大きい眼《め》をかがやかせて、

「鴉根って、西の方？」

「成岩《ならわ》から西南の方の山だよ」

「深《ふか》い山？」

「松《まつ》の木がはえているところだよ」

「猟師《りょうし》はいない？」

「猟師って鉄砲《てっぽう》打ちのことかい？　山の中だからいるかも知れんね」

「猟師が撃《う》ちにきたら、母ちゃんどうしよう？」

「深い洞穴《ほらあな》の中にはいって三人で小さくなっていればみつからないよ」

「でも、雪がふると餌《えさ》がなくなるでしょう。餌をひろいに出たとき猟師の犬にみつかったらどうしよう」

「そしたら、いっしょうけんめい走ってにげましょう」

「でも、父ちゃんや母ちゃんははやいでいいけど、ぼくは子どもの狐《きつね》だもん、おくれてしまうもん」

「父ちゃんと母ちゃんが両方《りょうほう》から手をひっぱってあげるよ」

「そんなことをしてるうちに、犬がすぐうしろにきたら？」

お母さんはちょっとだまっていました。それから、ゆっくりいいました。もうしんからまじめな声でした。

「そしたら、母ちゃんは、びっこをひいてゆっくりいきましょう」

「どうして？」

「犬は母ちゃんにかみつくでしょう、そのうちに猟師《りょうし》がきて、母ちゃんをしばってゆくでしょう。そのあいだに、坊《ぼう》やとお父ちゃんはにげてしまうのだよ」

文六《ぶんろく》ちゃんはびっくりしてお母さんの顔をまじまじとみました。

「いやだよ、母ちゃん、そんなこと。そいじゃ、母ちゃんがなしになってしまうじゃないか」

「でも、そうするよりしようがないよ、母ちゃんはびっこをひきひきゆっくりゆくよ」

「いやだったら、母ちゃん。母ちゃんがなくなるじゃないか」

「でもそうするよりしようがないよ、母ちゃんは、びっこをひきひきゆっくりゆっくり……」

「いやだったら、いやだったら、いやだったら！」

文六《ぶんろく》ちゃんはわめきたてながら、お母さんの胸《むね》にしがみつきました。涙《なみだ》がどっと流《なが》れてきました。

お母さんも、ねまきのそででこっそり眼《め》のふちをふきました、そして文六ちゃんがはねとばした、小さい枕《まくら》をひろって、あたまの下にあてがってやりました。

巨男《おおおとこ》の話

巨男《おおおとこ》とお母さんの住《す》んでいたところはここからたいへん遠くのある森の中でした。

巨男のお母さんはおそろしい魔《ま》女《じょ》でした。ほら鷲《わし》のような高い鼻《はな》や、蛇《へび》のような鋭《するど》い眼《め》を持《も》ったあのおそろしい魔女でした。

それはあるお月夜のことでしたよ。

魔女と巨男がねむりについたころ、だれか家の外から戸をたたきました。巨男が起《お》きていって戸をあけてみると、ふたりの女が、ひとりの少女をつれて立っていたのです。

「この方は、この国の王女様《おうじょさま》です。私《わたし》たちは侍《じ》女《じょ》なんです。今日《きょう》、森へ遊《あそ》びにお姫様《ひめさま》をおつれ申《もう》しましたところ、道にまよってとうとうここへきてしまいました。どうか、今晩《こんばん》だけ宿《やど》をかしてください。」とひとりの女がいいました。

すると、奥《おく》から、

「どうぞ、むさいところですが、ゆっくり休んでください。」と魔《ま》女《じょ》がやさしい声でいいました。そこで三人は、中へはいって休みました。

よく朝、巨男《おおおとこ》が眼《め》をさましてみると、ふたりの女は、黒い鳥に、お姫《ひめ》さまは白鳥にかわっていました。それは、魔女が、魔《ま》法《ほう》でそうしたのです。

魔女は、巨男のとめるのもかまわず、三羽《ば》の鳥を、窓《まど》から投《な》げ出してやりました。三羽の鳥は飛《と》んでいきました。けれど、白鳥は、夕方になると悲《かな》しげに鳴いて魔女の家に帰ってきました。巨男は不《ふ》憫《びん》に思って、こっそりと白鳥を飼《か》ってやることにしました。昼間は野原へ放《はな》ってやって、夜は自分のベッドの中でねさせました。

巨男が、大きくなるにつれて魔女は、だんだん年をとって、ついに動けなく

えました。それで、毎日ベッドの上に横たわって、息子《むすこ》の巨男《おおおとこ》に魔法《まほう》を教
なりました。けれど、その魔法は、みな、人間を種々《しゅじゅ》の鳥獣《ちょうじゅう》にかえるものでした。
そのうちに、魔女《まじょ》はますます弱って、もう死にそうになりました。このとき
に、魔法をとく法《ほう》を聞いておかねば、あの白鳥は、いつまでたっても、お姫様《ひめさま》
にかえれないと思ったものですから、巨男は、魔女の枕《まくら》もとによって、
「いままで、お母さんは人間を種々の鳥獣にかえる法を教えてくださいましたが、まだ、魔法をとくことを教えてくれません。どうか教えてください。」とたのみました。
「では、教えましょう。」と魔女はいいましたが、もう息《いき》もきれぎれで、声は蚊《か》のようです。
「お母さん、はっきりいってください!」
巨男は、魔女の口もとへ耳をもっていきました。

「その鳥獣《ちょうじゅう》が、涙《なみだ》を流《なが》せば、もとの姿《すがた》にかえるよ……」これだけいうと、魔女《まじょ》は、頭をたれて死《し》んでしまいましたよ。

巨男《おおおとこ》は、死んだ魔女を白い棺《かん》におさめて、椰子《やし》の木の根《ね》もとにうめました。そして、すぐ白鳥をつれて森の家を出ました。

巨男は、都《みやこ》へのぼろうと思いました。途中《とちゅう》でどうかして、白鳥に涙を流させようとしました。頭をたたいたり、お尻《しり》をつねったりしたのです。けれど白鳥は、けっして一滴《てき》さえ涙を出しませんでした。ただ、悲《かな》しそうな声をあげたきりでした。おしまいには、かわいそうになって、巨男はいつのまにか白鳥に頬《ほお》ずりをしていました。そして巨男の眼《め》に涙がありました。

巨男は、夜となく昼となく歩き通して、家を出てから七日目に、めざす都に着《つ》きました。けれど、都の人びとは、巨男がおそろしい魔女の息子《むすこ》だということを知っていましたので、とおまわしに巨男を殺《ころ》そうと考えました。そこでひとりの男が総代《そうだい》となって、王様《おうさま》の住《す》んでいられる宮殿《きゅうでん》へまいりました。そして、王様にこう申《もう》し上げたんです。

「王様の宮殿は、美《うつく》しいけれど、大理石《だいりせき》の建物《たてもの》がないのは、玉にきずだとある旅人《たびびと》が申していました。大理石の塔《とう》でもたてられてはいかがですか？」

「なるほど、それはよかろう、しかし、大理石というのは、いったいどこにあるのか？」

「ここから、ずーっと南の方へ、山を一つと沙漠《さばく》を一つこえていくと一つの部《ぶ》落《らく》に着《つ》きます。そこに、大理石はいくらでもあるそうです。」

「そうか、けれどだれがとりにいくのか？」

「それは、いま都《みやこ》にいる巨男《おおおとこ》がよいでしょう。彼《かれ》はたけが椰子《やし》の木ほどで、一足で小さな丘《おか》をこえてしまいます。」

「では、その男をよべ。」

巨男《おおおとこ》は宮殿《きゅうでん》につれられていきました。そして王様《おうさま》から、大理石《だいりせき》をとりにいくように命《めい》ぜられました。にげるといけないからというので、巨男の足には鉄《てつ》の鎖《くさり》がむすばれました。

「ではいってきます。」と巨男はいって、やはり白鳥をつれ、南の方へ旅立《たびだ》ちました。巨男の進《すす》むにつれて、宮殿にたまっていた鎖が少なくなりました。ちょうど十九日目に、その鎖のたまりはなくなって、はしが太い柱《はしら》にむすばれてある鎖は、ピンとはりました。

そのときには、巨男も種々難儀《しゅじゅなんぎ》をして、大理石の部落《ぶらく》に着《つ》いていました。部落の人びとは、たいへん親切でしたので、大理石をいくらでもくれました。巨男は大きな大理石を三つもらって、それを背負《せお》い、白鳥をその上にとまらして帰途《きと》につきました。

都《みやこ》の方では、はっていた鎖《くさり》がゆるんできたので、人びとはそれをたぐりました。帰りには、重い石をもっていたので、巨男《おおおとこ》は三十日かかってやっと都に到《とう》着《ちゃく》しました。

苦《くる》しい長い旅《たび》のために、巨男はやつれはてて枯木《かれき》のようになりました。しかしそれでもゆるされなかったんです。すぐその日から、宮庭《きゅうてい》の泉《いずみ》のほとりに、大理《だいり》石《せき》で塔《とう》をたてることをおおせつかりました。けれど、心の美しい巨男は、けっしてなげいたり、悲《かな》しんだりしなかったのですよ。命《めい》ぜられた通り、毎日毎夜、つちとのみを持《も》って、大理石を切り、それをだんだんつみかさねていきました。巨男は、仕事《しごと》をしているときでもあの白鳥を背《せ》にとまらしていました。白鳥もおとなしくとまっていました。巨男は、つちをふりながらちょうど人間にいうように白鳥にいいました。

「お前は、いったいどうしたら涙《なみだ》を流《なが》すのか？　お前はいつ涙を流すのか？　お前は涙を流さなくては、いつまでたっても、お姫《ひめ》さまにはなれないのだよ、私《わたし》はお前がかわいそうだ。だから早く美《うつく》しいもとのお姫様《ひめさま》にかえってくれ。」

そんなときには、白鳥は首をたれて巨男《おおおとこ》の話を聞いていましたが、涙を流したことはありませんでした。

巨男の仕事《しごと》は、どんどん進《すす》んでいきました。夜ふけでも、つみ上げられた塔《とう》の上から、つちの音が都《みやこ》の空にひびきました。都の人びとは、ねる前に、きっと窓《まど》をあけて巨男の働《はたら》いている塔の上をみました。そこには、星と同じような灯《ひ》の光が、またたいていたんです。

三月《みつき》もたつと、巨男がとってきた大理石《だいりせき》はつきてしまいました。塔の高さは宮殿《きゅうでん》のどの建物《たてもの》よりも高くなりました。それでも、王様は、それでよいとはおっしゃいませんでした。そこで、巨男《おおおとこ》はふたたび南方へ旅立《たびだ》ちました。長い鎖《くさり》をひきずって、白鳥をつれ、巨男は広い広い沙《さ》漠《ばく》をくる日もくる日も歩いていきました。巨男は、また大きな大理《だいり》石《せき》を三つもらって都《みやこ》に帰りました。すぐその日からつちとのみをとってそれを切りはじめました。

塔《とう》はますます高くなりましたよ。

空がくもって星がみられない夜でも、巨男の灯《ひ》はたった一つの星のようにポツンとうかび出ていました。

それは、すこし風のつよい宵《よい》でした。都の人びとは、窓《まど》から塔の上の灯をあおいでみました。灯は風のために、ゆらゆらゆれていました。人びとはそのとき、はじめて巨男がかわいそうになりました。王様《おうさま》も窓から顔をお出しになって、塔の上をみました。ごーごーとなる風のすきまに、巨男のつちの音がかす

かに聞こえてきました。やはり王様《おうさま》も巨男《おおおとこ》をあわれにお思いになったのか、

「こんな夜に働《はたら》かせておくのは気《き》の毒《どく》だ。それにあの男は、おとなしい。明日《あした》はもうあの仕事《しごと》をやめさせよう。」とひとりいわれました。そんなことはすこしも知らずに、巨男はこつこつやっていました。そして、どんなことをしたら白鳥をなかせてお姫様《ひめさま》にさせることができるだろうと考えていました。ふと、巨男は自分が死《し》んだら――と考えました。そこで、温《あたた》かい巨男の背《せ》でねむっている白鳥に話しかけました。

「私《わたし》が死んだら、お前は悲《かな》しくないか？」

するると白鳥は眼《め》をさまして、「そんなことをしてはいけない」というように羽《は》ばたきしました。「私が死んではいけないのかい？　それなら、私が死んだらお前は涙《なみだ》を流《なが》すにちがいない。よし！　私はお前のために天国へいこう。」

巨男は立ちあがって、背中《せなか》から白鳥をおろしました。白鳥は、とめようとし

て、巨男《おおおとこ》の着物《きもの》のはしを引きました。巨男は、白鳥と最後《さいご》の頰《ほお》ずりをして、
「では、かわいい白鳥よ、さようなら、お前はもとの美《うつく》しいお姫様《ひめさま》に帰るのだよ……」といって、高い塔《とう》の上から身《み》を投《な》げました。地に落《お》ちるとただちに死《し》んでしまいました。

白鳥は、どんなになげいたことでしょう。涙《なみだ》は滝《たき》のように出ました。そして、そのとき魔法《まほう》はとけて、うるわしいもとの王女になりました。王女はなきじゃくりながら、高い塔の階段《かいだん》をころがるように走りおりて、お父さまの王様の部屋《へや》にとびこみました。

そして、いままでのことを王様に話したんです。王様はそれを聞いて、面《おもて》をふせて巨男に謝罪《しゃざい》し、また感謝《かんしゃ》しました。

まもなく、王様から都《みやこ》の人びとへそれが伝《つた》えられたとき、都の人びともない

て巨男《おおおとこ》にあやまりました。

巨男のむくろは月桂樹《げっけいじゅ》の葉《は》でおおわれて都《みやこ》の東にある沙丘《さきゅう》に葬《ほうむ》られました。

王女は、よく王様《おうさま》やお母さんの后《きさき》に申《もう》しましたよ。

「私《わたし》は、いつまでも白鳥でいて、巨男の背《せ》中《なか》にとまっていたかったわ。」

空がくもっていて、金星《きんせい》がたった一つうるんでみえる夜ふけなど、南国の人びとはいつまでも、「あれは、巨男の灯《ひ》だ。」と空をあおいで申します。

張^{ちょう}紅^{こう}倫^{りん}

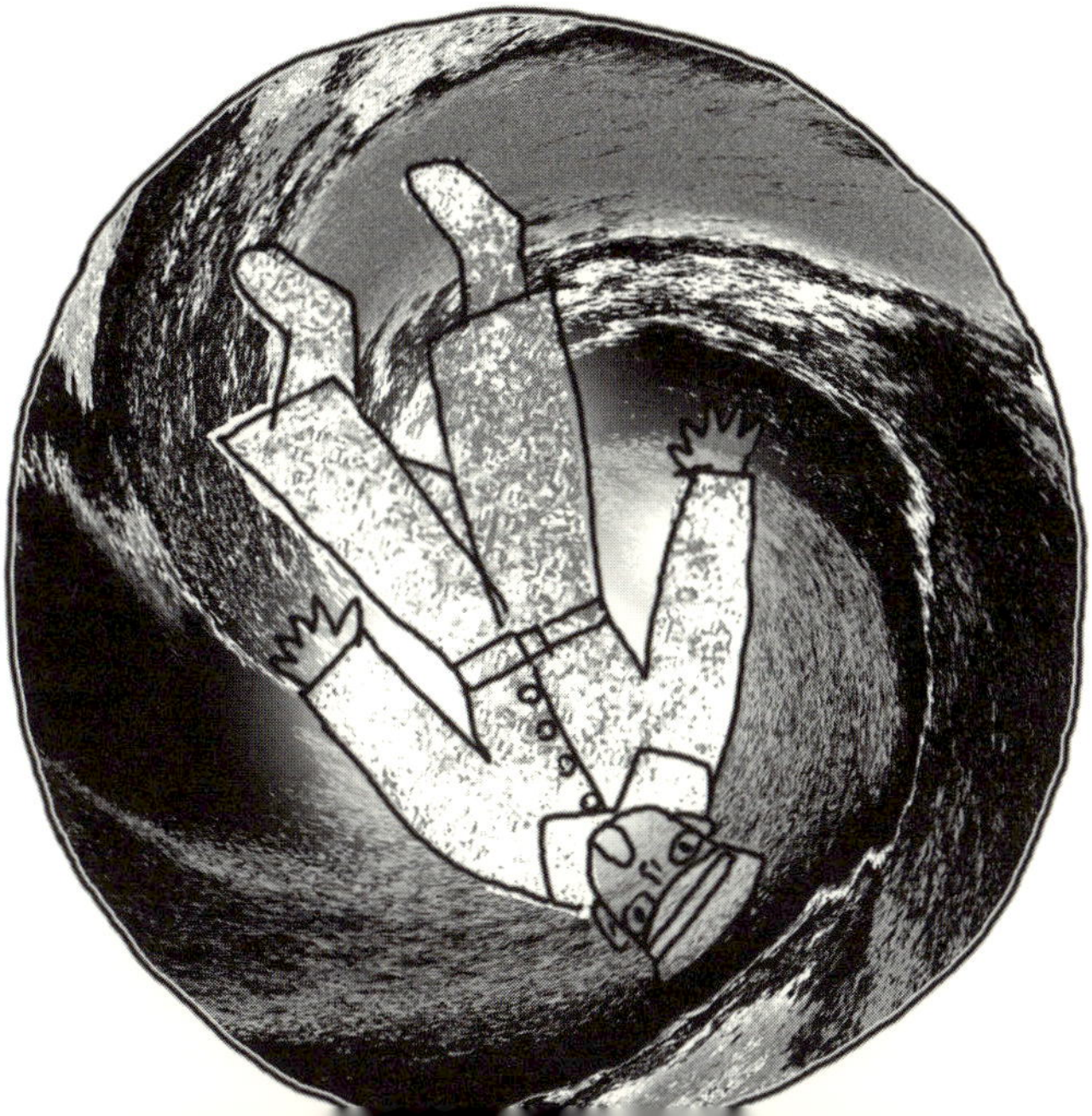

一

奉天大戦争《ほうてんだいせんそう》の数日前の、ある夜半《やはん》のことでした。わがある部隊《ぶたい》の大隊長青木《だいたいちょうあおき》少佐《しょうさ》は、畑《はたけ》の中に立っている歩哨《ほしょう》をみまわって歩きました。歩哨は命《めい》ぜられた地点に石のようにつっ立って、きびしい寒《さむ》さと、ねむさをがまんしながら警備《けいび》についているのでした。

「第三歩哨《だいさんほしょう》、異状《いじょう》はないか。」

少佐は小さく声をかけました。

「はッ、異状ありません。」

歩哨の返事《へんじ》があたりの空気に、ひくく、こだまをしました。少佐はまた、あるき出しました。

頭の上で、小さな星が一つ、かすかにまたたいています。少佐《しょうさ》はその光をあおぎながら、足音をぬすんで歩きつづけました。

もうすこしいくと、つぎの歩哨《ほしょう》のかげがみえようと思われるところで、少佐はどかりと足をふみはずして、こおった土くれをかぶりながら、がたがたどすんと、深《ふか》い穴《あな》の中に落《お》ちこみました。

ふいをくった少佐は、しばらく穴の底《そこ》でぼんやりしていましたが、あたりのやみに目もなれ、気もおちついてくると、穴のなかのようすがうすうすわかってきました。それは四メートル以上《いじょう》の深さで、底の方が広がっている、水のかれた古井戸《ふるいど》だったのです。

少佐は声を出して歩哨をよぼうとしましたが、まてまて、深い井戸の中のことだから、歩哨のいるところまで、こえがとおるかどうかわからない、それにもし、ロシアの斥候《せっこう》に聞きつけられたら、むざむざと殺《ころ》されるにきまっている、と思いかえし、そのまま、だまって腰《こし》をおろしました。

あすの、朝になったら、だれかがさがしあてて、ひきあげてくれるだろうと考えながら、まるい井戸《いど》の口でしきられた星空をみつめていました。そのうちに、井戸の中があんがい暖《あたた》かなので、うとうとねむり出しました。

ふと目ざめたときは、もう夜があけていました。少佐《しょうさ》はううんとあくびをしながら、赤くかがやいた空をみあげたのち、

「ちょッ、どうしたらいいかな。」と心の中でつぶやきました。

まもなく、朝焼《あさや》けで赤かった空は、コバルト色になり、やがてこいい水色にかわっていきました。少佐はだれかさがし出してくれないものかと、待《ま》ちあぐんでいましたが、だれもここに井戸があることにさえ気がつかないらしい気配《けはい》です。上をみると、長いのや、みじかいのや、いろいろの形をしたきれぎれの雲が、あとからあとからと白くとおっていくきりです。

とうとうおひる近くになりました。青木少佐《あおきしょうさ》は腹《はら》もへり、のどがかわいてきました。とてもじれったくなって、大声で、オーイ、オーイといくどもどなってみました。しかし、じぶんの声が壁《かべ》にひびくだけで、だれも返事《へんじ》をしてくれるものはありません。

少佐はしかたなく、むだだとは知りながら、なんどもなんども井戸《いど》の口から下がった蔓草《つるぐさ》のはしに飛《と》びつこうとしました。やがて、「あああ。」とつかれはてて、ぺったりと井戸の底《そこ》にすわりこんでしまいました。

そのうちにとうとう日がくれて、寒《さむ》いよいやみがせまってきました。ゆうべの小さな星が、同じところでさびしく光っています。

「おれはこのまま死《し》んでしまうかもしれないぞ。」と少佐はふと、こんなことを考えました。

「じぶんは、いまさら死《し》をおそれはしない。しかし、戦争《せんそう》にくわわっていながら、こんな古井戸《ふるいど》の中でのたれじにをするのは、いかにもいまいましい。死ぬなら敵《てき》の玉にあたって、はなばなしく死にたいなァ。」とこうも思いました。

まもなく少佐《しょうさ》は、疲《つか》れと空腹《くうふく》のためにねむりにおちいりました。それはねむりといえばねむりでしたが、ほとんど気絶《きぜつ》したも同じようなものでした。

それからいく時間たったでしょう。少佐の耳に、ふと、人のこえがきこえてきました。しかし、少佐はまだ半分うとうとして、はっきり目ざめることができませんでした。

「ははあ、地獄《じごく》から鬼《おに》がむかえにきたのかな。」

少佐はそんなことを、ゆめのように考えていました。すると耳もとの人ごえがだんだんはっきりしてきました。

「しっかりなさい。」と、支那語《しなご》でいいます。少佐は支那語をすこしは知っていました。そのことばで、びっくりして目をひらきました。

「気がつきましたか。たすけてあげます。」と、そばに立っていた男がこういってだきおこしてくれました。

「ありがとうありがとう。」と少佐《しょうさ》は答えようとしましたが、のどがこわばって、こえが出ません。

男は、井戸《いど》の口からつり下げた縄《なわ》のはしで少佐の胴《どう》たいをしばっておいて、じぶんがさきに、その縄につかまって上がり、それから、縄をたぐって、少佐を井戸の外へひき上げました。少佐はギラギラした昼の天地が目にはいるといっしょに、ああたすかったとおもいましたが、そのままた気を失《うしな》ってしまいました。

二

少佐《しょうさ》がかつぎこまれたのは、ほったて小屋《ごや》のようにみすぼらしい、支那人《しなじん》の百姓《ひゃくしょう》の家で、張魚凱《ちょうぎょがい》というおやじさんと、張紅倫《ちょうこうりん》という息子《むすこ》とふたりきりの、まずしいくらしでした。

あい色の支那服《しなふく》をきた、十三四の少年の紅倫は、少佐の枕《まくら》もとにすわって看護《かんご》してくれました。紅倫は大きなどんぶりにきれいな水を一ぱいくんでもってきて、いいました。

「わたしがあの畑《はたけ》の道を通りかかると、人のうめきごえが聞こえました。おかしいなと思って、あたりをさがしまわっていたら、井戸《いど》の底《そこ》にあなたがたおれていたので、走って帰って、お父さんにいったんです。それからお父さんとわたしとで縄《なわ》をもっていって、ひきあげたのです。」

紅倫《こうりん》はうれしそうに目をかがやかしながら、話しました。少佐《しょうさ》はどんぶりの水をゴクゴクのんでは、うむうむといちいち感謝《かんしゃ》をこめてうなずきました。

それから紅倫は日本のことをいろいろたずねました。少佐が内地に待《ま》ってる、紅倫とおない年くらいのじぶんの子どものことを話してやると、紅倫はたいへんよろこびました。わたしも日本へいってみたい、そしてあなたのお子さんとお友だちになりたいといいました。少佐はこんな話をするたびに、日本のことをおもいうかべては、小さな窓《まど》からうらの畠《はたけ》の向《む》こうをみつめました。外では、とおくで、ドドンドドンと砲声《ほうせい》がひっきりなしにきこえました。

そのまま四五日たったある夕方のことでした。もう戦《たたか》いもすんだのか、砲声もパッタリやみました。窓からみえる空がまっ赤に焼《や》けて、へんにさびしい、ながめでした。いちんち畑《はたけ》で働《はたら》いていた張魚凱《ちょうぎょがい》が帰ってきました。そして少佐

の枕《まくら》もとにそそくさとすわりこんで、

「こまったことになりました。村のやつらが、あなたをロシア兵《へい》に売ろうといいます。こんばんみんなであなたをつかまえにくるらしいです。早くここをにげてください。まだ動くにはご無理《むり》でしょうが、一刻《いっこく》もぐずぐずしてはいられません。早くしてください。早く。」とせきたてます。

少佐《しょうさ》はもうどうやら歩けそうなので、これまでの礼《れい》をあつくのべ、手早く服《ふく》装《そう》をととのえて、紅倫《こうりん》の家を出ました。畠道《はたけみち》に出て、ふりかえってみると、紅倫が背戸口《せどぐち》から顔を出して、さびしそうに少佐の方をみつめていました。少佐はまた、ひきかえしていって、大きな懐中時計《かいちゅうどけい》をはずして、紅倫の手ににぎらせました。

だんだん暗《くら》くなっていく畠《はたけ》の上を、少佐は身《み》をかがめて、奉天《ほうてん》を目あてに、野ねずみのようにかけていきました。

三

戦役《せんえき》がおわって、少佐《しょうさ》も内地へかえりました。そののち、少佐は退役《たいえき》して、ある都会《とかい》のある会社につとめました。少佐は、たびたび張親子《ちょうおやこ》を思い出して、人びとにその話をしました。張親子へはなんべんも手紙を送《おく》りました。けれども、先方ではそれが読めなかったのか、一度《ど》も返事《へんじ》をくれませんでした。

戦争《せんそう》がすんでから、十年もたちました。少佐はその会社の、かなり上役《うわやく》になり、息子《むすこ》さんもりっぱな青年になりました。紅倫《こうりん》もきっと、たくましい、わかものになったことだろうと、少佐はよくいいいいしました。

ある日の午後、会社の事務室《じむしつ》へ年わかい支那人《しなじん》がやってきました。青い服《ふく》に、麻《あさ》のあみぐつをはいて、うでにバスケットをさげていました。

「こんにちは。万年筆《まんねんひつ》いかが。」と、バスケットをあけて、受付《うけつけ》の男の前につき出しました。

「いらんよ。」と、受付の男はうるさそうにはねつけました。

「墨《すみ》いかが。筆《ふで》いかが。」

「墨も筆もいらん。たくさんあるんだ。」

と、そのとき、奥《おく》の方から青木《あおき》少佐《しょうさ》が出てきました。

「おい、万年筆を買ってやろう。」と、少佐はいいました。

「万年筆やすい。」

あたりで仕事をしていた人も、少佐が万年筆を買うといいだしたので、ふたりのまわりによりたかってきました。いろんな万年筆を少佐が手にとってみているあいだ、支那人《しなじん》は、少佐の顔をじっとみまもっていました。

「これを一本もらうよ。いくらだい。」

「一円と二十銭《せん》。」

少佐《しょうさ》は金入れから、銀貨《ぎんか》を出してわたしました。支那人《しなじん》は、バスケットのしまつをして、ていねいにおじぎをして出ていこうとしました。そのとき、支那人は、ポケットから懐中時計《かいちゅうどけい》をつまみ出して、時間をみました。少佐はふとそれに目をとめて、

「あ、ちょっと待《ま》ちたまえ。その時計をみせてくれないか。」

「とけい？」

支那人はなぜそんなことをいうのか、ふにおちないようすで、おずおずさし出しました。少佐が手にとってみますと、それはたしかに、十年前、じぶんが張紅倫《ちょうこうりん》にやった時計です。

「君《きみ》、張紅倫というんじゃないかい。」

「えッ？」と、支那人の若《わか》ものはびっくりしたようにいいましたが、すぐ、

「わたし、張紅倫《ちょうこうりん》、ない。」と首をふりました。

「いや、君《きみ》が紅倫君《こうりんくん》だろう。わしが古井戸《ふるいど》の中におちたのを、すくってくれたことをおぼえているだろう？　わしはわかれるときこの時計を君にやったんだ。」

「わたし、紅倫ない。あなたのようなえらい人、穴《あな》におちることない。」といって、ききません。

「じゃアこの時計はどうして手に入れたんだ。」

「買った。」

「買った？　買ったのか。そうか。それにしてもよくにた時計があるもんだな。ともかく君は紅倫にそっくりだよ。へんだね。いや、失礼《しつれい》。よびとめちゃって。」

「さよなら。」

支那人《しなじん》はもういっぺん、ぺこんとおじぎをして出ていきました。

そのよく日、会社へ、少佐《しょうさ》にあてて無名《むめい》の手紙がきました。あけてみますと、読みにくい支那語《しなご》で、

「わたくしは紅倫《こうりん》です。あの古井戸《ふるいど》からおすくいしてから、もう十年もすぎました今日《こんにち》、あなたにおあいするなんて、ゆめのような気がしました。よく、わたくしをおわすれにならないでいてくださいました。わたくしの父は昨年死《さくねんし》にました。わたくしはあなたとお話がしたい。けれど、お話ししたら、支那人のわたしに、あなたが古井戸の中から救《すく》われたことがわかるとあなたのお名まえにかかわるでしょう。だから、わたしはあなたにうそをつきました。わたしは明日《あす》は支那へかえることにしていたところです。さよなら、おだいじに。さよなら。」と、だいたい、そういう意味《いみ》のことがかいてありました。

鳥《とり》右《え》工門《もん》諸《しょ》国《こく》をめぐる

一

鳥山鳥右エ門《とりやまとりえもん》は、弓矢《ゆみや》をかかえて、白い馬にまたがり、広い庭《にわ》のまんなかに立っていました。しもべの平次《へいじ》が犬をひいてあらわれるのを待《ま》っていたのです。

その、しもべの平次を、主人《しゅじん》の鳥右エ門はあまりすきではありませんでした。平次はかれこれ二月《ふたつき》ばかりまえ、鳥右エ門の館《やかた》にやとわれてきた、背《せい》の低《ひく》い、体《からだ》のこつこつした、無口《むくち》な男です。どこの生まれなのか、自分でもよく知らないといっていました。自分の生まれたところを知らないのは、ばかにちがいない、というので、鳥右エ門の館では、平次をうすのろということにきめていました。平次はそれでも平気のへいざでした。しかし鳥右エ門は、ときどき、平次の眼《め》のするどくすんでいるのにびっくりすることがありました。みんなの眼が、よろこびによったり、有頂天《うちょうてん》になって落《お》ちつきをうしなったようなときに、平次《へいじ》の眼《め》は反対《はんたい》に、秋のひぐれの沼《ぬま》のように冷《つめ》たくすむのです。そんなとき、よくみると、くっとむすばれた平次のくちのまわりに、かすかな笑《わら》いのしわがあらわれていることもありました。鳥右エ門《とりえもん》はこういう眼で平次からみられると、いっぺんで何かが体《からだ》からぬけていくように感じるのでした。たとえば、だれかをどなりつけようとして、口をあけかかった瞬間《しゅんかん》、平次の冷たい眼にであうと、急《きゅう》にどなる元気がなくなって、「もういいからあっちへいけ。」と相手《あいて》に不機嫌《ふきげん》そうにいうのでありました。

鳥右エ門にとっていちばんおもしろくないことは、鳥右エ門の大すきな犬追《いぬおう》物《もの》をするときにかぎって、平次の眼がするどくとがめるように鳥右エ門の心をさすことでありました。生きた犬をはなって馬の上から射殺《いころ》す、この犬追物の遊戯《ゆうぎ》は、鳥右エ門の何よりすきなもので、三日に一度《ど》は、必《かなら》ず館《やかた》の庭《にわ》で、自分ひとりで練習《れんしゅう》をしました。練習とはいっても生きた犬を射殺《いころ》すので、三日に一ぴきずつどこかで犬をさがし出してこなければなりませんでした。この役目《やくめ》を平次《へいじ》はおおせつかっていたのでした。平次は、だまって犬をひいてきて、主人《しゅじん》の矢《や》の先で、首から縄《なわ》をはなすのでしたが、主人の矢が、みごとに犬の急所《きゅうしょ》をつらぬいても、ほかのしもべどものように、「おみごとなうでまえでございます。」とほめたりしませんでした。犬のむくろから矢をひきぬくと、自分の赤《あか》ん坊《ぼう》でもかかえこむようにして、犬を持《も》ち、主人の方に冷《つめ》たい眼《め》をちらっとむけて、いってしまうのでした。その眼はこういっているように鳥《とり》右《え》エ門《もん》には思えました。「よりによって、なんという殺生《せっしょう》な遊《あそ》びごとをなされることでござりましょう。」そんなわけで、鳥右エ門は、やがてあらわれてくる平次のことを、こころよからず思っていたのでした。

まもなく中門《ちゅうもん》から平次がはいってきました。今日《きょう》は大きな犬をひいてきました。その犬は、ここへつれられてくるたいていの犬がするようににげようとしたり、ひかれていくのをいやがって、地べたにすわりこんでしまったりせずに、首を地に低《ひく》くたれて、すなおに平次《へいじ》のあとをついてきました。

庭《にわ》のまん中に、縄《なわ》で二重の大きい円が描《えが》かれてあります。平次はその内側《うちがわ》の方の円形の中にはいりました。そして犬の首をおさえてかがみました。

さてこれから犬追物《いぬおうもの》の練習《れんしゅう》がはじまるのです。鳥右《とりえ》エ門《もん》は弓《ゆみ》に矢《や》をつがえて、馬の上で身《み》をかまえました。

「お犬にげそろ。」

と平次がいいました。しかしまだ犬の首をはなしません。鳥右エ門もだまっています。

「お犬にげそろ。」

とまた平次がいいます。三度目《どめ》に「お犬にげそろ」をいうと、そこで矢をはなつことになっているのでした。鳥《とり》右《え》エ門《もん》は大きく弓《ゆみ》をしぼりました。

「お犬にげそろ。」

三度目《どめ》に平次《へいじ》がいいました。

「はやはなせ。」

と鳥右エ門が声をかけました。

平次は犬の首をはなしました。

犬は、ぱっとかけだしてにげる、と思いのほか、同じ場所《ばしょ》に首をたれてじっとしているのでした。鳥右エ門は拍子《ひょうし》ぬけがしました。

「なんだ、これは。病犬《やまいぬ》ではないか。」

「申《もう》しわけありません。」

と平次はあやまりました。

「こんなものが射《い》られるものか。」

「お腹立《はらだ》ちはごもっともでございます。しかし、きょうはいくら歩きさがしましても、この犬のほかには……」

「ええい、つべこべいうな。鳥山鳥右エ門《とりやまとりえもん》、やせてもかれても、武士《ぶし》のはしくれ、病犬《やまいぬ》を射《い》たと人にいわれたくないわ。」

すると平次《へいじ》はだまってしまいました。そしていつもの、あの冷《つめ》たくすんだまなざしで、じっと、鳥右エ門を見上げていました。

鳥右エ門はそのまなざしにでくわすと、われにもあらずどぎまぎしました。その、どぎまぎしたのを平次にみられるのはいっそうやりきれないことなので、ごまかすためにいたけだかになって、どなりました。「ええい、ここなやつが。下郎《げろう》の分ざいで、主人《しゅじん》をにらむとは生意気千万《なまいきせんばん》。のちのちのみせしめに……」

そういって、犬を射るつもりでふりしぼった矢《や》を、平次の方にむけました。

「その、にっくき眼《め》の玉を射てくれるわ。」

平次《へいじ》はあおむけにひっくりかえりました。矢《や》は右の眼《め》を射《い》つぶしていました。庭《にわ》のすみのたちばなの花に、蜂《はち》が音を立ててきているしずかなひるのことでした。

二

七年たちました。平次のことはとっくに鳥《とり》右《え》エ門《もん》の心からわすれられていました。平次はつぶれた眼の療治《りょうじ》を二月《ふたつき》ばかり鳥右エ門の館《やかた》でうけていましたが、まだすっかりよくならないうちに、ひまをとってどこかへいってしまったのでした。

さてある日、大きい川が、水をなみなみとたたえて、ゆるやかに流《なが》れていました。

渡船《わたしぶね》には客がいっぱいになっていました。小さい船なので、いっぱいといっても、八九人でありました。

もう、出してもいいころだ、と思って、船頭《せんどう》は、さおを岸《きし》にあてました。そのとき、

「おい、まてまて。」

といって、ひとりの武士《ぶし》が、しもべをつれて土手《どて》を下ってきました。

船頭は待っていました。船の中の人たちは、すこしずつ、いざりよってふたりのために席《せき》をあけてやりました。

武士としもべはやっとのことで船にのりこみました。しかしぎっしり人でつまっているので、武士は弓《ゆみ》をおく場所《ばしょ》がありませんでした。

「こら、そこなやつ。」

と武士はさるを背負《せお》った旅芸人《たびげいにん》に声をかけました。「じゃまであるから、おり

ろ。」

さるまわしも、さるもびっくりして、同じような顔つきで武士《ぶし》をみました。まわりのものもなにかぶつぶついいました。

「ええい、おりろと申《もう》すに。」

みんなはさるまわしのために、武士に反対《はんたい》しようと思いました。しかし、武士の鼻《はな》の下に顔からはみ出すほどの八の字ひげがあるのをみると、反対するのはよそうと思いました。さるまわしもさるも、そのひげをみると、だまっておりた方がよいと思った様子《ようす》でした。

さるまわしがともからぴょいと小さいさんばしの上にとびあがるのを、船の中の人びとはだまってみていました。そのときだれかが、

「あとからきたものがおりりゃえい。」

と低《ひく》い声でいいました。それは船頭《せんどう》でした。船頭はすげ笠《がさ》をかむって、向《む》こう

をむいて立っているので、顔はみえませんでした。

「なにッ。」

と武士《ぶし》は船頭《せんどう》のうしろ姿《すがた》をねめつけました。が、武士と船頭のあいだには人がこみあっていましたので、いまいましそうに歯《は》をならしただけで、がまんしました。

船が川の中ほどまできたとき、川上の方を、白鷺《しらさぎ》の群《むれ》が低《ひく》くとんでわたるのを、人びとはみました。それをみて、いままでだまっていた人びとが、「白鷺じゃ」「ほう」とささやきました。

武士もしばらくみていましたが、やがて弓《ゆみ》をとり矢《や》をつがえると、白鷺の群《むれ》にむかってひゅっと射《い》てはなちました。

すると、横《よこ》に流《なが》れてゆく白鷺の群の中から、二羽《わ》だけが、まっすぐ下に落《お》ちて川にうかびました。川に落ちてからも、白い羽《はね》をばたばたあおっていました。

「お、お。」

と、船の中の人びとは、感嘆《かんたん》の声をもらしました。そして一本の矢《や》で二羽《わ》しとめることはめずらしくおりっぱな腕前《うでまえ》であるといって、ほめました。

すると武士《ぶし》についていたしもべが、鼻《はな》をおごめかせながら、ご主人《しゅじん》にとっては鳥を二羽一度《いちど》にしとめるくらいなんでもない、魚をとって飛《と》んでいく水鳥を射《い》て、その水鳥のはなした魚が、地に落《お》ちる前に、その魚を射てしまうこともできる、とか、牛のような大きい動物《どうぶつ》でもただの一矢でころりとまいらせてしまう、などとふいちょうするのでした。

「今日《きょう》も、川向《む》こうの権現様《ごんげんさま》で犬追物《いぬおうもの》の会がござりまして、いまその帰りでござりますが、やはりご主人にかなうものはひとりもござりませなんだ。」

「ほオ、ほオ。」

と人びとは感心《かんしん》するのでした。そして、

「失礼《しつれい》ながら、こちらのご主人《しゅじん》はなんとおっしゃるご名人ですか。」

ときくと、しもべは、

「鳥山鳥《とりやまとり》右《え》エ門様《もんさま》とおおせられる。」

と答えました。

「お、鳥右エ門様。どうりでどうりで。」

「鳥右エ門様なら、近郷近在《きんごうきんざい》にお名の聞こえたご名人。えらいお方だ。」

あっちでもこっちでも「えらいお方」ということばがささやかれました。

鳥右エ門は、きいてもいない、というような顔をしてだまっていました。しかし心の中では、いささか、とくいでありました。パチンと扇子《せんす》をひざの上で鳴らしたりしていました。

　するとそのとき、

「なんの、そんなことがえらいものか。人のためになることをしてこそえらいといわれるもんさ。鳥や獣《けもの》の命《いのち》をとることが、なんのためになろうぞ。」

と低《ひく》い声で、ぶつくさいったものがありました。また、さっきの船頭《せんどう》でした。人びとはだまってしまいました。鳥右ェ門《とりえもん》がおこりだしはしないかと、その八の字ひげをそっとみていました。

はたして鳥右ェ門はおこりだしました。八の字ひげの先が、ふるえはじめました。

「お、おのれ、よくも、ほざいたな。」

刀のつかに手をかけましたが、そこはまだ川の中でした。そこで船頭をきっては、船をあやつる者《もの》がなくなります。船が遠く流《なが》されてしまってはたいへんであります。

よし、いいことがある、とはらの中でいいながら、鳥右ェ門は立てたひざをおろしました。

船が岸《きし》についていて、一同陸《おか》にあがりました。川原《かわら》には葦《あし》がしげって中でよしきりが鳴いています。その中の道をいきつくすと、土手になりました。その土手ものぼりきったとき、鳥右エ門《とりえもん》は船の方をふりかえってみました。

船はまだこちらの岸につながれていました。船頭《せんどう》はへさきに、しょぼんと腰《こし》をおろして客のくるのを待《ま》っているようすでした。船頭のうしろのところの水が、陽《ひ》をてりかえしてきらきら光っていました。

「やい、船頭。」

と鳥右エ門はつつみの上からよびました。「こちらに向《む》け。」

船頭はこちらに向きました。

「や、おぬしは片目《かため》だな。や、や、おぬしは平次《へいじ》だな。」

船頭は右の眼《め》がありませんでした。

「平次だとて、片目だとてゆるすことがなろうか。ただいまの悪口雑言《あっこうぞうごん》、武士《ぶし》として聞きずてならぬぞ。こうしてくれるわ。」

矢《や》は一文字にとびました。

どぼんと音がして船の向《む》こうの光っているところに水げむりがたちました。

ゆれている小船の上には、人の姿《すがた》がありませんでした。

三

鳥右《とりえ》エ門《もん》について歩いていたしもべは、かたわらの小山のいただきちかい崖《がけ》道《みち》を、一ぴきの鹿《しか》がのぼっていくのをみつけました。里に餌《えさ》をあさりにきた鹿が、奥山《おくやま》へかえっていくところらしいのです。

「あ、あそこに鹿が。ちょうど矢ごろでござります。」

と、しもべは鳥右エ門に教えました。

「なに、鹿《しか》？」
と、うつむきかげんに歩いていた鳥右エ門《とりえもん》は顔をあげて、しもべの指《ゆび》さす方をみました。そして鹿をみるとすぐ、弓《ゆみ》をとりなおし矢《や》をつがえ、ひきしぼりました。

いまか、いまか、としもべはこぶしをにぎって待《ま》っていました。しかし鳥右エ門はなかなか矢をはなちませんでした。

ついに鹿は、びょうぶのようにきり立った崖《がけ》のすそをまわって、向《む》こうへ姿《すがた》をかくしてしまいました。

鳥右エ門はほっと太息《ためいき》をついて、しぼった弓をゆるめて、おろしました。

しもべはふしぎな気がしました。こんな打《う》ちしずんだ様子《ようす》の、鳥右エ門をみたのは、これがはじめてでありました。

そのはずでした。鳥右エ門は、うまれていまはじめて、物《もの》ごとを深く考えるということをしていたからであります。

鳥右エ門《とりえもん》は船頭《せんどう》になった平次《へいじ》の、のこった方の眼《め》をねらって射《い》ました。たしかにてごたえはありました。武士《ぶし》に向《む》かって悪口《あっこう》を申《もう》す奴《やっ》は、こういう成敗《せいばい》をしてくれて当然《とうぜん》でありましょう。

しかし鳥右エ門の心の眼には、つぶれてしまったはずの平次の二つの眼がはっきりみえていました。その平次の眼は、冷たくすんで、まじろぎもせず鳥右エ門をみつめているのでした。そしてまた鳥右エ門の耳には、平次のいったことばがのこっているのでした。人のためになることをしてこそえらいといわれる、いい、いい、いい、いい、いい、いい、人のためになることを……

鳥右エ門はいままでに、じつにたくさんのりっぱなことばを、人からもきき、本でも読みました。だから、平次のいったこんなことばも、もういつかどこかできいていたかも知れません。いや、そういえば、なんどもきいたような気もします。

しかし、きょう、平次《へいじ》の口からつぶやかれたこのなんでもない、ちょっとしたことばは、とげのように鳥右《とりえ》エ門《もん》の魂《たましい》にささったのでした。

鳥右エ門の魂はうずいていました。

——人のためになることをしてこそえらいといわれるもんさ。

ほんとうにそうだった、と鳥右エ門は思いました。そして、自分の生涯《しょうがい》をふりかえってみてはずかしく思いました。自分は、じつにじつに、何一つ人のためになることをしてきていませんでした。わがままいっぱいにふるまってきました。人に迷惑《めいわく》ばかりかけてきました……。

鳥右エ門としもべは、やがて松のはえた丘《おか》のいただきにでました。そこに立って南をみおろすと、穂《ほ》のでかかった麦のだんだん畑《ばたけ》がうちつづき、丘のすそと平野がつらなるところに、白壁《しらかべ》の塀《へい》をめぐらした大きい館《やかた》がみえました。それが鳥右《とりえ》エ門《もん》の住家《すみか》でした。その家のその屋根《やね》の下には、鳥右エ門の妻《つま》や子どももいるのでした。

平和なながめでありました。白壁《しらかべ》にかげを落《お》として、蔵《くら》ののきから雀《すずめ》のとぶのもみえるのでした。

丘《おか》の上にとまって、松《まつ》の木に片手《かたて》をかけて、鳥右エ門は長いあいだ、自分の館《やかた》の方をみていました。

「おのしは一足さきに帰るがよい。」と、やがてしもべをかえりみていいました。「わしは、狩場《かりば》をみてから帰る。」

しもべはだんだん畑《ばたけ》をおりていきました。一町《ちょう》くらいきてからふりかえってみました。鳥右エ門はまだ松の木に片手をかけたままこちらをみていました。そしもべはなんとなくバツがわるかったので、麦をぬいて笛《ふえ》をつくりました。それを鳴らしながらまた一町くらいきました。そして、そっとふりかえってみました。まだ鳥右エ門《とりえもん》はさっきのままの姿勢《しせい》で立っていました。

しもべが館《やかた》の門をはいったとき、ひゅっと大きい音がして、矢《や》が一本、庭《にわ》の松《まつ》の木の幹《みき》に立ちました。それは鳥右エ門の使《つか》っていた矢でした。そしてそれには手紙のようなものがむすびつけてありました。

しもべは、ぬきとって、手紙のついた矢を奥方《おくがた》のところにもっていきました。

奥方が開《ひら》いてみると、その手紙にはかんたんにつぎのようなことが書いてありました。

「わしは、いままでまちがった生き方をしていたことがわかった。しかし正しい生き方とはなんであるかまだわからない。そこで正しい生き方を知るためにこれから旅《たび》に出る。わしはいつ帰ってくるかわからない。そちも坊《ぼう》もずいぶんたっしゃでくらせ。鳥右エ門。」

四

鳥右エ門《とりえもん》は正しい生き方をみつけるために、なんでもやってみるつもりでした。さいしょにやったのは、鍛冶屋《かじや》の弟子《でし》でした。鳥右エ門はまっ黒になって、親方と向《む》かいあって立ち、てんとんと、かなしきの上をたたきました。かなしきの上では強いみごとな刀やなぎなたができていきました。親方はそれを売ってお金をもうけました。だから鳥右エ門は親方のためになることはできました。しかし鳥右エ門は、もっとおおぜいの人のためになることがのぞましかったのでした。それにある夜、野武士《のぶし》のむれが、ある都《みやこ》の貴族《きぞく》の館《やかた》をおそって、罪《つみ》のないしもべや女子どもをたくさん刀できったという話をききました。それをきくとなんとなく刀をきたえる鍛冶屋もいやになりました。

つぎになったのは、酒《さけ》づくりでありました。酒のすきな烏右エ門《とりえもん》は、こういうものをたくさん作って人びとを喜《よろこ》ばすことは、ずいぶん人のためになることだと考えたのでした。しかしあるとき、酒によっていて牛とすもうをとるんだとりきんできかない男を妻子《さいし》がなきながらひきとめているのをみて、酒というものも、はたして人のためになるかどうか、あやしいと思いました。

そのつぎにやったのは櫛引《くしひき》でありました。うすいのこぎりをひいて、櫛の歯《は》を一枚《まい》一枚つくっていくのです。おお、これはたくさんの男や女のためになる仕事《しごと》でした。しかし、これはまた烏右エ門のような、気の荒《あら》い男にとっては、なんと、めんどうくさい仕事でしょう。烏右エ門は肩《かた》がこるので、一日に何十ぺんとなく、にぎりこぶしで肩をたたき、まばたきし、太いため息《いき》をつくのでありました。

そのほか、ばくろう、炭《すみ》やき、烏帽子《えぼし》おり、鏡《かが》みがきというように、いろんなことをしながら、あちこちとさまよい歩きました。

しかし、鳥右ェ門《とりえもん》にぴったりあうようなしょうばいは一つもありませんでした。人びとのためになる仕事《しごと》はありました。が、そういう仕事は鳥右ェ門にはすきになれないのでした。またすきになれるようなおもしろい仕事はありました。が、そういうのは、あまり人びとのためにはならない仕事でありました。

五

鳥右ェ門は、坊主《ぼうず》と乞食《こじき》だけはしてみる気がありませんでした。ああいうものになるよりは、おいはぎになった方がましだ、などと考えておりました。

ところが、そのきらいな坊主に、鳥右ェ門がなることになりました。それはちょっとしたまちがいから起《お》こったことでした。

鳥右エ門《とりえもん》はちょうどそのとき、職《しょく》にはなれ、一文《もん》なしで、三日も四日もろくろく物《もの》をくわず、街道《かいどう》をあてもなく歩いていました。かみやひげは長いあいだ手入れをおこたっていたので、もじゃもじゃとはえ、そのなかに眼《め》ばかりぎょろぎょろして、わるい人相《にんそう》になっていました。ところでこういう様子《ようす》でいることは二重《にじゅう》に損《そん》であることが鳥右エ門にわかりました。一つには、人びとがおそれて近よらないこと、もう一つには毛の中にしらみがわくことでありました。

そこで鳥右エ門は、百姓家《ひゃくしょうや》でかみそりをかりてひげをそりました。ついでにかみをそってしまいました。坊主《ぼうず》になるつもりでしたのではありません。こうしておけばしばらくのあいだ、かみの手入れをしなくてもよかったからです。

すると街道の松《まつ》の木のかげにいた男の人が、こういって鳥右エ門をよびとめました。

「もし、もし、ご出家《しゅつけ》。」

鳥右エ門《とりえもん》は足をとめてあたりをみましたが、坊主《ぼうず》らしいものはひとりもいないので自分がよばれたのだとわかりました。

「わしは、出家《しゅつけ》ではない。」

「それでも頭を丸めておいでのようですが。」

と松《まつ》の木のかげの男は腰《こし》をかがめていいました。

「この、丸めているのは、別《べつ》にわけがあって丸めている。わしは出家ではない。何かというなら武士《ぶし》である。つまり弁慶《べんけい》のようなものである。」

この百姓風《ひやくしようふう》の男は、街道《かいどう》から、十里《り》ばかり田舎《いなか》にはいった、山のあいだの小さな村から出てきていました。その村ではいままでお寺がなかったので、こんど村中で相談《そうだん》して、小さい御堂《みどう》をうしろの山の中腹《ちゆうふく》の藪《やぶ》の中に建《た》てました。しかし、そんなへんぴな片田舎《かたいなか》の、貧乏《びんぼう》な村のことですから、御堂の守《もり》にきてくれる坊《ぼう》さんがありません。そこでこの百姓男《ひやくしようおとこ》は、村長《むらおさ》からいいつかって、坊さんをさがしに今朝《けさ》はやくから、この街道《かいどう》に出てきていたのでした。しかし職《しょく》人《にん》や武士《ぶし》や百姓《ひゃくしょう》はたくさん通りますが坊《ぼう》さんはなかなか通りません。やっとひとりきたと思って、袖《そで》にすがってたのんでみると、その坊さんは自分には大きなりっぱなお寺があるから、そんな山の中のこさびしい堂守《どうもり》になどなる気はないと、すげなくことわっていってしまうというぐあいでした。そこで、だいぶん日も西にかたむいたので、百姓は、がっかりしていたのでした。

「かようなわけですから、どうかご出家《しゅっけ》。わしをたすけるとお思いになって、わしの村の堂守になってくだせえ。」

と百姓は、かざりけのないことばで、ねっしんにいいました。

「なるほど、話をきけばあわれである。しかしわしは出家ではないのだ。何かというなら武士である。頭の丸い武士、つまり弁慶《べんけい》のようなものである。わしが堂守になったとて役《やく》に立つまい。それにわしはもとから、出家はきらいじ

や。」

そういって鳥右ェ門《とりえもん》はいってしまおうとしました。

「いや、そうおっしゃらずに。どうか、村のものたちのためになることでござえます。」

鳥右ェ門は「ためにな、な、なること」ということばをきくと足がとまりました。なぜなら鳥右ェ門が、こんなに落《お》ちぶれはてて、諸国《しょこく》を歩きまわっているのは、その「人のために、な、な、なること」をさがしていたからではありませんか。

「うむ。わしが堂守《どうもり》になりさえすれば、それで村人のためになるというのじゃな。しかとそれにちがいはないのじゃな。よし、それならば、堂守になってつかわそう。」

百姓《ひゃくしょう》は、急《きゅう》に元気よくなって、にこにこしました。そして鳥右ェ門を案内《あんない》して帰途《きと》につきました。

「しかし、わしは、ほんとうは坊主《ぼうず》ではないので、坊主のつとめというものを知らぬが、それでもよいのか。」

と、鳥右エ門《とりえもん》は、それでも不安がつのってきて、途中《とちゅう》で百姓《ひゃくしょう》にききました。

「なあに、かまいませんとも。坊《ぼう》さんのつとめといってもなにもむずかしいことじゃごぜえません。朝晩《あさばん》にお経《きょう》をあげて……」

「そのお経を、わしは知らぬ。」

「いやご存《ぞん》じなくてもようごぜえます。向《む》こうの細道行者《ほそみちぎょうじゃ》がとおる……てなことを、口のなかでもぐもぐやって、かねを鳴らせばごまかせます。」

「さようか。」

「それから、年に二三度法話《ほうわ》をなさります。」

「それが、わしにはできぬ。」

「いいえ、法話と申《もう》しましても、相手《あいて》が、わしらのような無学文盲《むがくもんもう》のものばかりでございます。地獄《じごく》はおそろしいところで、血の池、つるぎの山などがあって、青と赤と黒の鬼《おに》がいる、その鬼は太郎《たろう》どんのところの犬が月夜にほえると同じような声でほえる、というようなたわいねえ話をなされば、みんなありがたがってききます。」

「さようか。」

こうして鳥右エ門《とりえもん》は坊《ぼう》さんになったのでした。

六

三方を山にかこまれ、南だけがひらいている小さな谷あいの村でした。竹藪《たけやぶ》があちこちにあり、どこにいってもきれいな水の流《なが》れる音がきかれました。朝はさいしょの光が東の山の峯《みね》の上から、さっと流れ、木や家や墓石《はかいし》にやわらかくふれました。ひるは、村で一ぴききりの牛がおなかをすかして鳴く声と、ひなたのびわの花にくる蜂《はち》の声と、お宮《みや》の杉《すぎ》のうえと宝蔵倉《ほうぞうぐら》の棟《むね》にわかれて喧嘩《けんか》をしているからすの声のほかは何もきこえないくらいしずかにすぎていきました。日ぐれはさいごの光が、西の山のはしから、木や家や墓石《はかいし》にやさしくさし、それが一つずつ消《き》えていって、青いかげと夕もやがしずんでくるのでありました。

家はみんなで二十軒《けん》くらいありました。気ままなところに気ままな形で立っていました。それらの家々には、貧乏《びんぼう》で、心が美《うつく》しくて、何も知らない人びとが庭先《にわさき》に草花をさかせたりして住《す》んでいました。

鳥《とり》右《え》エ門《もん》は、この村が気に入りました。

ところで鳥右エ門の坊《ぼう》さんはうまくいきました。しかしそれは、鳥右エ門をつれてきた百姓《ひゃくしょう》が考えたように、村人たちをごまかしおおせたからではありません。ごまかせなかったからうまくいったのです。なぜなら、鳥右エ門《とりえもん》は、御《み》堂《どう》にあつまってきた村人たちの前に、すぐ自分がほんとうの出家《しゅつけ》でないことを白状《はくじょう》してしまいました。村人たちはそれをきくと、はじめがっかりしました。自分たちがほしかったのは、坊《ぼう》さんであって、弁慶《べんけい》のようなものではなかったからです。しかし村人たちは鳥右エ門でがまんすることにしました。こんな山の中のさびしい貧《まず》しい村に、まともなお坊さんはきてくれないことはわかっていたからです。それに、鳥右エ門には、さすがに武士《ぶし》であっただけに、尊《とうと》い品《ひん》位《い》がそなわっていました。

坊さんになった鳥右エ門の生活がはじまりました。はじめからうまくいったわけではありません。第一《だいいち》自分の名前を考えるだけでも一仕事《ひとしごと》でした。坊さんになったからは坊さんらしい名にしなければなりません。いろいろ考えましたがちっともいい名がないので、いままでの名前の鳥右エ門から二字をとって鳥《ちょう》右《う》ということにしました。これだってあまり感心《かんしん》できた名ではありません。それから老人《ろうじん》たちをあつめて法話《ほうわ》をしなければならぬようなときには、壇《だん》にのぼるまえから武者《むしゃ》ぶるいがしてとまりませんでした。そして壇の上にのぼると、眼《め》の前がかすんで、心臓《しんぞう》がのどにつまったような感《かん》じがしました。話は大きな声でしましたが、老人たちにはなんのことやらちっともわかりませんでした。そして、じきすんでしまうので、老人たちはもってきたあられをたべるひまがありませんでした。

しかし村人たちは、だんだん、このにわか作りの坊《ぼう》さんである鳥右《ちょうう》さんになれてきました。そのうちに、鳥右さんは、お経《きょう》や法話は下手《へた》だが、村人たちのためになることがわかってきました。それは百姓《ひゃくしょう》のいそがしいときになると鳥右さんは人手のたりないような家へ手つだいにきてくれました。そして手つだいといっても鳥右さんは、唐臼《からうす》をまわすとか、田をたがやすとか、俵《たわら》をかつぐとか、いちばん力のいる仕事をしてくれたので、百姓家《ひゃくしょうや》ではたいへんたすかりました。

　けれども村人たちが、ほんとうに鳥右《ちょうう》さんに感謝《かんしゃ》したのは、十日ばかりもつづけて村の山田をあらしにきた大猪《おおいのしし》を、鳥右さんが矢《や》で射殺《いころ》したときと、わたり者《もの》の山伏《やまぶし》が、村の柿《かき》の木から、七十八の柿《かき》の実《み》をぬすんでにげようとしたのを、一里《り》ばかりおっかけていって七十一の柿の実をとりかえして帰ったときでありました。（山伏は一里歩くあいだに七つの柿をたべてしまったのです。）そこで村人たちはこう思いました。「鳥右さんがほんとうの坊《ぼう》さんでなかったのは、村のために、なんぼう、しあわせであったことぞ。」

　こうして月日はたちました。村にきてから三年目のある春先のあたたかい日、ひなたでくしゃみをしたとたんに、鳥右さんは、自分がこのごろは、正しい生き方をさがそうとしていないことに気がつきました。いぜん、あれほど一生け

んめいになって、さがしもとめていた正しい生き方のことを、このごろはどうして、けろりとわすれていたのでしょう。しかしよく考えてみて、自分のいま送《おく》っている日々こそは、その正しい生き方であることがわかりました。自分はすこしずつでも人のためになっておりました。そして村人たちにしてやる仕事《しごと》は自分にはたのしいのでありました。……

　鳥右《ちょうう》さんは平次《へいじ》のことをおもいだしました。平次はもう生きていないかも知れません。生きているにしても、盲目《もうもく》です。両眼《りょうめ》を鳥右さんが射《い》つぶしてしまったのです。でももし平次が生きているなら、いちど会って、自分の非道《ひどう》なしうちのわびをしたいと思いました。そして、自分はやっと、平次にとがめられないだけの生き方がみつかったことを知らしてやりたいと思いました。

七

村につり鐘《がね》が一つほしいと考えついたのは、奥山《おくやま》へしばをかりにいった村の百姓《ひゃくしょう》でありました。

その百姓は、いくつも小山をこえて、深《ふか》い山にはいり、そこでしばをかっていました。するとおくから、何かの音が聞こえてきました。手をとめて耳をたてていきました。それは鐘の音《ね》であることがわかりました。おおなんという、明るい、やさしい物《もの》の音であったことでしょう。百姓は自分の中に魂《たましい》というようなもののあることがわかりました。その魂を、遠くからきて鐘の音は、柔《やわ》らかにあたたかくつつみました。まるで春の光が流《なが》れてきてぼたんの花をつつむように。

百姓《ひゃくしょう》は村に帰ってくると、そのことを鳥右《ちょうう》さんに話しました。そして、村にも一つつり鐘《がね》があって、朝晩《あさばん》あの音をきけるなら、どんなに村人の後生《ごしょう》のためになるかしれないといいました。

そこで鳥右さんが、つり鐘を一つととのえることになりました。村人のためになることときいては、だまっているわけにはいかなかったのです。

しかし、これはたやすいことではありませんでした。村は貧乏《びんぼう》でありました。一軒《けん》一軒がわずかのお銭《あし》しか出せませんでした。とても村だけの力では、どんな小さな鐘にしても作ることはできませんでした。どうしても、ほかの村の人びとに、すこしずつめぐんでもらわねばかないませんでした。

鳥右さんは、もともと乞食《こじき》のまねはしたくなかったのです。しかし、いまはそんなことはいっておられません。もときらいだった坊《ぼう》さんにだってなってい るではありませんか。人びとのためになることとあってはやむをえないのです。

鳥右《ちょうう》さんはそこで、ずだぶくろを首からさげて、鉄鉢《てっぱつ》をもって、「それでは村の衆《しゅう》、しばらく帰ってまいりませんぞや。」と村を出ていきました。

そして八年のあいだ、鳥右さんは村に帰ってきませんでした。

八

みちばたの土手の上に、柊《ひいらぎ》の木が一本植わっていました。その木の下に、年とった、みすぼらしい坊《ぼう》さんがやすんでいました。

秋も深《ふか》くなって、ひざかりでも、もののかげにいると寒《さむ》いころでした。ちぢかめている坊さんのひざの上に、柊の花がほろほろとこぼれて米粒《こめつぶ》のようにみえました。

しょぼんとして、みすぼらしい坊さん――それが、八年のあいだ諸国《しょこく》をへめぐり、鐘《かね》をつくるために人びとから志《こころざし》をあつめて、いま、山の中の村に帰っていこうとしている鳥右《ちょうう》さんでありました。

歳月《としつき》と、雨と風と日の光が、こんなに鳥右さんをやつれさせてしまいました。けれども鳥右さんの心は喜《よろこ》びでふくらんでいました。ようやく、人びとのきよい志をあつめて、鐘一つつくるだけのお金ができたからでした。村の人たちは、どんなに待《ま》っているることでしょう。村の人たちはどんなに、喜んでくれることでしょう。

ここから村まで、まっすぐいけば、もう二里《り》ほどでありました。しかし鳥右さんは、すこしまわりみちして、大きい川にそっている一つの村によっていくつもりでした。その川ぞいの村は、八年前、鳥右さんが托鉢《たくはつ》に出たときさいしょにいった村でした。そしてその村の人びとはよい心の人びとばかりで、鳥右さんの話をきくと、よろこんで志を鉢《はち》の中に入れてくれました。それから八年のあいだ、鳥右《ちょうう》さんはあちこちのじつにたくさんの村を通りましたが、この川ぞいの村ほど深切《しんせつ》な村はありませんでした。そこでさいごに、もういちど、この村にいって、志《こころざし》をうけようと思ったのでした。うまくいけば、考えていたよりひとまわりだけ大きい鐘《かね》ができるかも知れないと鳥右さんはひそかに思ってみるのでした。

やがて鳥右さんは腰《こし》をあげました。そしてわかれ路《みち》のところから、右の方へすすんでいきました。それをいけば川ぞいの村に出るのでした。

すこしいったところで、青竹をかついだ百姓男《ひゃくしょうおとこ》と道づれになりました。

「坊さんも川名《かわな》へいくだかね。」

と男はききました。川名というのが、川ぞいの村の名でした。

「ああ。」

「親類《しんるい》でもありなさるか。」

「いや、何もない。」

「じゃ何しにおいでかね。」

「喜捨《きしゃ》してもらうつもりじゃ。わしの村の鐘《かね》をつくるんでの。」

「喜捨？」

と男はびっくりして、鳥右《ちょうう》さんの顔をみなおしました。そしていいました。

「じゃおめえさんは、何もご存《ぞん》じねえだね。」

「何かあったのかい。」

「ああ、あったとも。川名《かわな》はこの夏大水で堤防《ていぼう》がくずれ、家がみな流《なが》れ、田や畑は砂《すな》にうまってしまっただ。」

「ほうオ。」

と鳥右さんもびっくりして足をとめました。「そりゃ、ほんとか。」

「嘘《うそ》やじょうだんで、こんなことをいうもんかね。人もぎょうさんに死《し》んだり流《なが》されたりしました。だが、生きのこったもんたちが、またもどってきて、小《こ》屋《や》を立て田《た》畑《はた》をひらいて、村を立てなおそうとしておりますだ。おらも今日《きょう》は小屋を一つほったてようと思って、親類《しんるい》からこの竹をもらってきたところでごぜえますだ。坊《ぼう》さん川名《かわな》へ、何かもらうつもりでいくなら、よしなせえ。一銭《せん》でもやるつもりなら、いくがええだ。川名のもんたちゃ何もなしのすかんぴんになっておるだ。人の情《なさけ》にすがってその日その日を送《おく》っておるだ。」

「そうか。いやわしは知らなんだ。」

と鳥右《ちょうう》さんはいいました。しかし足はもう動きませんでした。

しばらく鳥右さんはそこに立っていました。心の中に、何かがあらそっているようでした。百姓《ひやくしょう》も立ちどまって、鳥右さんが「よし助《たす》けにいこう」というのを待《ま》っていました。

しかし鳥右さんはいいました。「いや、わしは、さきを急《いそ》いでおる。川名によってはおれない。では、ここから帰ろう。」

　そして、くびすをかえして、柊《ひいらぎ》の木の方へむかいました。百姓《ひゃくしょう》はがっかりした様子《ようす》で川ぞいの村の方へ急《いそ》いでいきました。

　柊の木のそばまで、ものの半町《はんちょう》あるかなしでした。そのわずかなところを、鳥右《ちょうう》さんはたいへん長くかかりました。なぜなら鳥右さんは、一歩あるいては考え、二歩あるいては考えしていたからです。何かがうしろからひっぱるのでした。一息《ひといき》に前へすすめないのでした。

「川名《かわな》へ、人びとをたすけにいこうか。」という考えと「いや、いや、まっすぐ自分の村へ帰ろう。」という考えが、鳥右さんの心の中で、争《あらそ》っていたのでした。川名は深切《しんせつ》な人びとの村でした。あの深切な人びとがいま苦《くる》しんでいるのです。それをたすけるのはよいことなのです。しかしたすけるといえば、じぶんがいままで苦労《くろう》してためてきたお金をくれてやってしまうのです。とすれば、目的《もくてき》の鐘《かね》ができなくなります。じぶんの村の人びとを喜《よろこ》ばせるために、じぶんが八年間諸国《しょこく》をめぐりあるいて、ようやくできかかった鐘なのです。ここでもしこの鐘ができあがらねば、これからさきいつ村の人たちは、鐘を朝晩《あさばん》きけるしあわせを持《も》つようになるやらわかりません。

ついに鳥右《ちょうう》さんは、柊《ひいらぎ》の木の下のわかれ路《みち》につきました。心はきまりました。

——村へ帰り鐘をつくるのです。

鳥右さんは、川名《かわな》のことを考えまいとするように、さっさと左の路をすすんでいきました。

九

鳥右さんが、なつかしい村に帰って、三月《みつき》も立つと、御堂《みどう》の前の、梅《うめ》の木のそばに、大きくないけれど形のよいつり鐘《がね》がさがりました。

朝とひると日暮《ひぐれ》に、鳥右《ちょうう》さんは庭《にわ》にでていってその鐘をつくのでした。鐘からはそばできくと、こうこうとさえた音《ね》がしました。そしてそれは、山の峯《みね》や、谷川のそばできくと、もやのように柔《やわ》らかにひろがって、とてもなつかしいよい音《ね》であると、村の人たちは鳥右さんにきかせてくれました。鳥右さんはそれをひどくよろこびました。

庭の梅《うめ》の木に鶯《うぐいす》がきて鳴くようになりました。山々にはうすくもやがかかって、ういういしくよみがえってみえました。そんなある日、鳥右さんはめずらしくおむすびをつくって腰《こし》にぶらさげました。そして、近くの百姓家《ひゃくしょうや》にいってこういいました。「今日《きょう》はひとつ、鐘《かね》の音が遠くできくとどんなぐあいか、ためしてみたいから、ひるげどきになったらすまんがわしのかわりについてくれぬかのう。」

もちろんそこの百姓《ひゃくしょう》はしょうちしました。そこで鳥右《ちょうう》さんは、村の東の山にのぼっていきました。

ちゃっちゃの鳴いている木立のあいだをくぐって、どんどんのぼっていくと、いただきの近くに日だまりのよいところがありました。鳥右さんはそこのかれ草の上にねころがってあたたかい陽《ひ》をあびながら、鐘《かね》が鳴るのを待《ま》っていました。

やがて鐘は鳴りました。ごオんと一つ。

「鳴った、鳴った。」

と鳥右さんは、ぴょくりと体《からだ》を起《お》こしました。

ごオん、ごオん。春の野山に、鐘は美《うつく》しくやさしく清《きよ》らかに流《なが》れました。ごオんごオん。

「鳴った、鳴った。」

ほくほくして鳥右《ちょうう》さんは、子どものように笑《わら》いました。

鳥右さんは、しみじみ満足《まんぞく》でした。こんなよい音《ね》のする鐘《かね》を自分がつくったのです。村人たちのために、八年間苦労《くろう》をして、そのあげくつくったのです。

この鐘は、どれほど村人たちの心のなぐさめになるか知れません。いま生きている村人ばかりではありません。鐘は百年でも千年でもなくなるものではないから、これからのち、どれだけの人が、この鐘の音をきくか知れないのです。

明るくはずむ心をいだいて、鳥右さんは村の方におりてきました。

すると、村の入口の土橋《どばし》のところで、村の子どもたちが、めくらこじきに砂《すな》をぶっかけたり、まつかさを投《な》げつけたりして、わるさをしているのにあいました。

「これこれッ。」

ともう遠くから鳥右さんは子どもたちをしかりました。子どもたちはきゅうに

わるさをやめて、もっていたまつかさを川の中に投《な》げこむと、あちらへ走っていってしまいました。

めくらのこじきは杖《つえ》をなくしたので、そこらをはいまわってさがしていました。

鳥右《ちょうう》さんはどきっとしました。見覚《みおぼ》えのある男なのです。そばへいって、はいまわっているめくらの男をじっとみていました。たしかにずっとまえにわかれたきりのあの平次《へいじ》です。また平次が鳥右さんのまえにあらわれたのです。

鳥右さんは道のくろから杖をひろってきました。そして、そっと平次の手のところへさしのべてやりました。平次は杖のはしをつかみました。だれかが、べつのはしをもっているのです。だれか知ら、というように、両眼《りょうめ》のない顔をあおむけて平次は考えるふうでした。

「平次、だれだか、わかるか。」

平次《へいじ》は名前をいわれてびっくりしたようでしたが、やがて、にこりとわらって、

「ああ、鳥右《とり》エ《え》門《もん》の旦那《だんな》さま、おなつかしゅうございます。」

といいました。

「うむ、わしだ。しばらくだったのう。」

「おなつかしゅう、ございます。」

「うむ。だが、わしは、」と鳥右さんは重い声でいいました。「お前にあうのがうれしくない。」

平次はうす笑《わら》いを顔にうかべました。

「どういうわけでございますか。」

「お前にあうと、いつも、よいことはないからだ。」

平次は何も答えませんでした。ただにやりと笑っただけでした。

「貴様《きさま》はにくらしい奴《やつ》じゃ。貴様をにくんで、その眼《め》を二つ、わしはつぶしてしまった。でもまだ貴様はにくらしいわい。」

と鳥右《ちょうう》さんは、むかしの鳥右エ門《とりえもん》にかえったようなことばでいいました。

「旦那《だんな》。もう眼はありません。こんどはどこを射《い》てくださりますか。」

「にくらしい奴だ。貴様みたいな奴は、いくら射ても、射たらぬわ。しかし射殺《ころ》してしまってもだめだ。また生きかえってきてわしを苦《くる》しめるのだ。」

平次《へいじ》はまたうす笑《わら》いをうかべました。

「そのにやりにやり笑うのが、わしの心につきささるわい。わしのやったことがまちがっていたとぬかすのじゃろう。川名のかいいいいいい人びとに金をめぐんでやるのがいいかいかいかいいいい、正しかったというのじゃろう。その通りだ。わしもいまそれがはっきりわかったわい。貴様をみたとたんにわかったわい。ああ、わしは人びとのためになる仕事《しごと》をしたと思ったのに、やり方がまちがっていたのだ。」

鳥右《ちょうう》さんが平次《へいじ》をじぶんの御堂《みどう》へつれていこうとしても平次はそこでわかれるといってききませんでした。

一〇

人びとはふしぎに思いました。その日の晩《ばん》から鐘《かね》が鳴らなくなりました。

鳥右さんはどうしたろうと思ってつぎの日人びとは御堂へみにいきました。するとは御堂は、ひるまだというのにぴったり戸がしめられてありました。しかし戸のすきまからのぞいてみると、中にちらちらとあかりがみえ、何やらお経《きょう》のような文句《もんく》をわめくようにとなえている声がしていましたので、鳥右さんがいることはわかりました。そこで人びとは、鳥右さんのすきなようにさせておくことにして、みな家に帰りました。

とうとうある日鳥右《ちょうう》さんが戸をあけて出てきました。その眼《め》はきょろきょろとして、顔はあおざめていました。

「や、あの鐘《かね》がうせたぞ。」

と鐘楼《しょうろう》をみていいました。

ところがじっさいはそこに鐘はあったのです。春風のなかに鐘はしずかにつり下がってあったのです。

「どこへうせたぞ、あの鐘は。」

鳥右さんは、きょろきょろと、家々の家根《やね》の上あたりをながめながら歩いていきました。

そのうちとつぜん、

「わあ、鐘がわめきながらとんでいる。わめきながら空をかけめぐっている。わあ、いやな声だ。われ鐘の声だ。」

といって、耳の穴《あな》をふさぎ、空の一角をみていました。

しかしじっさいは空に鐘《かね》なんかとんではいませんでした。春の雲があっちやこっちにぽかぽか浮《う》いているばかりでした。

それから、またしばらくして、とつぜん鳥右《ちょうう》さんは、耳の穴をおさえたまま走り出しました。道でも畑《はたけ》でも、いばらの中でもかまわずにどんどん南の方へ走りました。そしてやがて村からみえなくなってしまいました。

鳥右さんはこうして、また諸国《しょこく》をめぐることになったのです。みえもしない鐘の姿《すがた》に追《お》っかけられて、きこえもしない鐘の音《ね》につきまつわれて、春のつむじ風のようにあっちへ走り、こっちへ走りしていきました。

今に感動を伝える南吉文学

新美南吉記念館前館長　榊原《さかきばら》　義夫《よしお》

新美《にいみ》南吉《なんきち》の名前は知らなくても、「ごん狐《ぎつね》」を知らないという人は、少なくとも三十代以下の人ではいないはずです。この作品が小学校の国語教科書に登場したのは昭和三十年代、そして昭和五十年代からはすべての国語教科書に掲載《けいさい》されるようになりましたから、日本中の子どもたちが四年生の時にこの作品と出会っているわけです。

南吉が「ごん狐」を書いたのはまだ十八歳《さい》という若さでした。この巻に収録された作品は、大半がそれに近い年代に書かれた作品ですから、まずは十代の頃《ころ》の南吉の足跡《そくせき》を辿《たど》ってみることにしましょう。

南吉が旧制半田《はんだ》中学校（今の高校にあたりますが、五年制）に進学したのは、大正から昭和に切《き》り替《か》わる一九二六年ですが、この頃から友人と手作りの同人誌を作るなど、文学への関心を示しています。中学三、四年生の時期に当たる一九二九年（昭４）の日記が残されていますが、そこには連日のように自分が書いた作品のことが記されており、十二月三十一日の項《こう》には「今年中の作品を調べた。童謡《どうよう》百二十二編、詩三十三編、童話十五編、雑九編である」などと書かれています。そして、実はその「童話十五編」の中に、「張紅倫《ちようこうりん》」（このタイトルはあとで変更《へんこう》されたものですが）と「巨男の話《おおおとこ》」が含《ふく》まれているのです。

こうした盛んな創作活動を支えていたのは、雑誌への投稿《とうこう》でした。「巨男の話」は「緑草」という雑誌に投稿されたもので、その他にも「愛誦《あいしよう》」「良国民《りようこくみん》」「少年倶楽部《しようねんくらぶ》」「日本少年」など、実にいろいろな雑誌に投稿しています。そうした中で、当時新しい童話童謡雑誌として注目されていた「赤い鳥」に出会い、代表作となる「ごん狐《ぎつね》」が、やはり投稿作品としてこの雑誌に掲載《けいさい》されることになったのです。言わば「習作」の時代に、これだけの完成度を備えた作品を書いていたことに驚《おどろ》きを禁じえません。

以下、六作品のそれぞれについて、簡単に振《ふ》り返ってみたいと思います。

「手袋《てぶくろ》を買いに」

子どもが霜焼《しもや》けにならないよう毛糸の手袋を買ってあげようという母狐の愛。しかし、その母狐自身が恐《おそ》ろしいと思っている人間の店に、なぜ子狐だけで買いにいかせるのかという点について、疑問も持つ人も少なくないようです。

まるいシャッポの看板の店を探して町を歩く子狐を追いかけるように描写《びようしや》が進められ、ようやく探し当てた帽子屋《ぼうしや》で思わず狐のままの方の手を差し出してしまう子狐。幼い読者も子狐と一緒《いつしよ》になって緊張感《きんちようかん》を高めていくようなストーリー展開が見事で、ラストの「ほんとうに人間はいいものかしら」

という台詞《せりふ》は、それぞれの読者への問いかけといえるのではないでしょうか。

「ごん狐《ぎつね》」

ごんがいたずらの償《つぐな》いをしたいのだけど、それが通じない悲しさ、切なさを描《えが》いて胸に迫《せま》る構成は、やはり名作といわれる所以《ゆえん》だと思います。ごんの償いは悲しい結末となりましたが、この作品からわたしたちは、相手の痛みを自分の痛みとする本当の「やさしさ」を受け取ることができるのではないでしょうか。

「狐」

この作品も、「手袋を買いに」とはまた別の意味で、読者としては作中の子どもたちと一緒《いっしょ》に緊張《きんちょう》感《かん》が高まっていく感じです。それだけに、ラストの文六《ぶんろく》と母親との会話が心にしみます。己を犠牲《ぎせい》にしても子どもを護ろうという母の姿には、幼い時に母を亡くした南吉の思いが込《こ》められているように思われます。

「巨男《おおおとこ》の話」

巨男や魔女《まじょ》が出てくる、南吉としては珍《めずら》しい欧風《おうふう》の雰囲気《ふんいき》をもった最初期の作品です。巨男のおかげで元の王女の姿にもどった姫《ひめ》ですが、白鳥のままでよかったから巨男と一緒にいたかったと泣きます。「ごん狐」のラストにも通じる愛の物語といえるのではないでしょうか。

「張紅倫《ちょうこうりん》」

これは実話のような味わいの作品ですが、冒頭《ぼうとう》の「奉天《ほうてん》大戦争」というのは、日本とロシアが戦った日露《にちろ》戦争《せんそう》の戦闘《せんとう》で、この作品が書かれるほぼ二十年前のできごとです。せっかく再会できた張紅倫《ちょうこうりん》が名乗ろうとしなかった結末が、心に残ります。

「鳥右エ門《とりえもん》諸国をめぐる」

この作品と「狐《きつね》」の二作は、他の四作と違《ちが》い、二十九歳《さい》で亡くなった南吉の最後期の作品のひとつです。弓矢の腕《うで》が自慢《じまん》だった鳥右エ門の前に平次《へいじ》という存在が現れたことで鳥右ェ門の遍歴《へんれき》が始まります。病気のために人生の終わりを迎《むか》えようとしていた南吉《なんきち》が、あえて「終わりのない旅」を描《えが》こうとした心情はいかばかりだったでしょうか。

さて、一九九四年(平6)、南吉の故郷であり、「ごん狐」を初めとする多くの作品の舞台《ぶたい》になった愛知県半田市《あいちけんはんだし》に、新美南吉《にいみなんきち》記念館がオープンしました。子どもたちから大人まで、南吉作品に心を寄せる全国の方たちが訪れてくださいますが、来館者のノートにも、「『ごんぎつね』は小学校の頃から親しんでいたお話ですが、今思い返してみても風景の美しさやごんの最期が切なく、哀《かな》しいと思いました。新美南吉本人についてほとんど知らなかったのですが、作品が生まれてきた背景を知っておもしろかった。来て良かったです。今日もやっぱり『ごん』に泣いてしまいました……」など、南吉文学の風土にふれて、作品への思いを新たにされた感想が綴《つづ》られています。この本の巻末にも記念館の所在地やホームページのアドレスが記載《きさい》されていますので、ネットで、そして機会がありましたら、是非《ぜひ》お立ち寄りいただければと願っています。

新美南吉略年譜

年号 大正	年齢	
2	0	7月30日、愛知県知多郡半田町（現・半田市）に生まれる。本名渡辺正八。生家は、畳屋を営んでいた。
6	4	11月、母りゑが亡くなる。
8	6	新しい母親に弟が生まれる。
10	8	生母の実家新美家の養子となり、新美正八となる（その年のうちに渡辺家に戻り父親たちと暮すが、姓は新美のまま）。
15	13	半田中学校（現在の半田高校）に進学。
昭2	14	この頃から、中学在学中を通して「緑草」「愛誦」「少年倶楽部」「赤い鳥」などの雑誌に、童謡、童話などを盛んに投稿する。
6	18	中学を卒業し、岡崎師範学校を受験するが、不合格。母校の半田第二尋常小学校（現・岩滑小学校）の代用教員となり、二年生を担任する。
7	19	前年に雑誌「赤い鳥」に投稿した「ごん狐」が1月号に掲載される。4月、東京外国語学校（現・東京外国語大学）に入学し、北原白秋門下の詩人巽聖歌、与田準一らと親しく交わるようになる。
8	20	この頃学内外の文学仲間と交流を持ち、童話のほかにも小説、評論、戯曲などへ幅広い関心を向ける。
9	21	2月、結核の症状（喀血）を自覚。

年号 昭和	年齢	
10	22	「木の祭り」「でんでんむしのかなしみ」などの幼年童話約30編を集中的に書く。
11	23	東京外国語学校を卒業し就職するが、秋に再び結核の症状が出たため、職を辞して半田に帰郷。
13	25	愛知県内の安城高等女学校の教員となる。短歌、俳句などにも関心を示す。
14	26	女学校の教員として充実した時期を過ごす。また、学生時代の友人が学芸部記者を務めていた「哈爾賓日日新聞」に、「花を埋める」「久助君の話」「最後の胡弓弾き」などを発表。
16	28	初めての単行本『良寛物語　手毬と鉢の子』を学習社より出版。また、南吉の代表的な評論とされる「童話に於ける物語性の喪失」を「早稲田大学新聞」に発表。
17	29	近づく死を自覚しながらも、「牛をつないだ椿の木」「花のき村と盗人たち」「鳥右ェ門諸国をめぐる」などを執筆。10月第一童話集『おぢいさんのランプ』（有光社）を出版。
18		3月22日、咽頭結核により永眠。享年29歳。法名、釈文成。9月、『牛をつないだ椿の木』（巽聖歌・編）『花のき村と盗人たち』（与田準一・編）が相次いで出版される。

編集・新美南吉の会

画家・石倉欣二（いしくら　きんじ）
1937年愛媛県に生まれる。東京芸術大学卒業。『たなばたむかし』（第27回産経児童出版文化賞美術賞）、『おばあちゃんがいるといいのにな』（第1回日本絵本賞、第5回けんぶち絵本の里大賞）、アイヌの絵本『パヨカカムイ』（第6回日本絵本賞）、『空ゆく舟』（第16回赤い鳥さし絵賞）等、各賞を受賞。絵本の会『彗星』主宰。

ブックデザイン・杉浦範茂

●本書は『校定・新美南吉全集』（大日本図書）を定本として、現代の子どもたちに読みやすいよう新字、新仮名遣いにいたしました。
●現在、使用を控えている表記もありますが、作品のできた時代背景を考え、原文どおりとしました。

ごん狐《ぎつね》　新美南吉童話傑作選　NDC913 157P 22cm

2004年6月7日　第1刷発行　　2022年8月20日　第12刷発行
作　家　新美南吉　　画　家　石倉欣二
発行者　小峰広一郎
発行所　株式会社小峰書店　〒162-0066 東京都新宿区市谷台町4-15
☎03-3357-3521　FAX 03-3357-1027
https://www.komineshoten.co.jp/
組版・印刷／株式会社三秀舎　製本／株式会社松岳社

　ISBN 978-4-338-20004-2